続道浦母都子歌集

現代短歌文庫

砂子屋書房

続 道浦母都子歌集☆目次

解説

続 道浦母都子歌集

歌集　風の婚

（全篇）

黄水仙

single again

夏深し風に不安のつのる夜《よ》を鳶色《とびいろ》の坂登り来たれり

今日われは妻を解《と》かれて長月の青しとどなる芝草の上

誰にでも叶《かな》いてわれには叶わざる「平凡にして泣きやすき妻」

子の居《お》らぬかの静謐《せいひつ》に耐えざりし男《おとこ》女《おみな》というべきならず

かなしみに素直なるとき苧環《おだまき》の濃き花色が没陽《いりひ》に透けぬ

今朝は雨　秋の雨降る明るさを身軽《みがる》となりしからだが吸えり

純粋と無鉄砲《むてっぽう》とのけじめなき堪《こら》え性《しょう》なき私であるか

花土瓶《はなどびん》「蹲る《うずくま》」なる形象は今の私のこころに似たる

斑鳩《いかる》鳴く声の被る《かぶさ》汝が電話昨夜《きぞ》冠雪の富士を伝えぬ

あなたより醜《みにく》かるべき己《おの》が死を背《そむ》きたるよりつゆ疑わず

とめどなき旅の眼《まなこ》を点《とも》せるは花らっきょうの薄紅《うすくれない》ぞ

「男とは私にとって何ならん」深き呼吸を橋上にする

世紀末しているわれか　再びを“single again”わがものとして

柴犬《しばけん》の強《こわ》き夏毛をさすりいる手が優しかり自らの手が

父よまた一人となりてわたくしは女と生《あ》れし苦しみをする

こころよき澄明《ちようめい》ならんコスモスは稚《いとけな》き子の手のひらに似て

落ちていく眠りの底方《そこい》みずみずとわれを包まん野の匂いあり

＊

こと過ぎぬなべて終りし静けさを帰りて行かな野の花の辺に

いたち川

半《はん》夏生《げしよう》　こわれし凸《とつ》のレンズもて七月二日の夏陽を集む

磨かれて切なきまでに透《す》く玻璃《はり》が映さんとせりわれの不幸を

アイリスの濃き群青《ぐんじょう》を挟《はさ》みおく『問はず語り』の契《ちぎり》の章に

一生を棒に振りたるひと夜《よ》さえ思い返せば影絵のごとし

かつて妻いまは独りのわたくしが神崎《かんざき》川の水面《みなも》に映る

いたち川われの知らざる祖母呼べば精　霊《しょうりょう》色《いろ》に蛍が飛ぶも

はればれと夫《つま》と別れしことさえも麦のごとくに小暗《おぐら》き故郷《くに》ぞ

おとうとを持たぬ悔しさそれゆえに甥はもっとも身近き異性

ひそやかに姉と私が憎めるはかの父母《ちちはは》の血を分けしこと

＊

水晶橋肥後橋《ひごばし》渡る妻たりし日のわたくしに会いに行くべく

影踏み

蕗《ふき》むきて黒ずむ指を差し入れし水無月《みなづき》二十日の川の水はも

御勅使《みだい》川水の尽きたる河川敷《かせんじき》ゆるゆる昇る流れ螢が

自称老人性饒舌症埴谷雄高《はにやゆたか》氏源泉の言葉の海に三日浸《ひた》れり

埴谷雄高すなわち般若豊《はんにやゆたか》　アウシュビッツに降る雨を言う

戻り梅雨　青の浮き立つ静脈は花ラッキョウをむく母の掌《て》ぞ

元・夫《つま》の姓のままにて夏柑《なつかん》の匂う木箱が届けられ来ぬ

行きずりの虹のごとしも十年を共に暮らせしひとのことすら

五階なる午睡に兆《きざ》す性欲はゲンノショウコの花の香ぞする

思想性薄れゆくうた覚《さ》め際《ぎわ》のパートカラーの夢のごとしも

どくだみの十字の花や夫《つま》亡くしいよよ艶《つや》めく女《ひと》を見ている

四年越しの「金子ふみ子記」遅々として進まず昼を滂沱《ぼうだ》たりけり

罌粟《けし》の花見れば思ほゆ「ナチズムの旧《ふる》き狂喜はエロスに通ず」

官能をくすぐるような朱を掲げなぜかうとまし厚岸草《あっけしそう》は

宗次郎《そうじろう》吹くオカリーナゆくりなくわれの四十《しじゅう》の感官に染《し》みる

今にして紫色の服着るはなぜかわからぬ　彼につながる

男欲しげな顔していしか街上に「愛人カード」握らされいつ

〈再び埴谷雄高氏に〉

賜りし資料の中の一冊にステプニアーク『地底のロシア』

江戸言葉折にし混るバリトンの眩しきひとを長く忘れず

母を叱り父に怒りてしょぼしょぼとパンパス靡《なび》く道を帰り来《く》

*

父母《ちちはは》の逝去の後を伸びやかなブランキストとならんかわれは

影踏みをしている子らよあくせくと生きて儚《はかな》き人間の子ら

ROSA

しなやかに韓紅《からくれない》の灯《ひ》を点《とも》し秋の山野の花を売る店

父といて気遠《けどお》き朝よみずみずと愛されし日のわれにはあらず

「甦《よみがえ》るローザ・ルクセンブルク」なる記事読めば短絡的に涙が溢る

ぬれぬれとする世代ゆえ繁栄の愉悦の中に身を置きがたし

ある日わが視界を消えし人のことこの世に拷問あるということ

正史《せいし》よりこぼれし人を読みゆくは遠き己《おのれ》に会いゆくに似る

立ったまま眠りたき日よ昏々《こんこん》と地へ逆《さか》しまに伸びてゆく髪

＊

鳶色《とびいろ》の空を動かぬ天秤座《てんびんざ》青澄むものを長く見ていつ

黄水仙

むらさきのショールに肩を包《くる》み行く岬の海の光の中を

歯の麻酔切れていく午後かんかんと痛みは響動《とよ》む杣音《そまおと》のごと

生活の疲れを澱《おり》とするなかれカールほどけば麩《ふ》のごとき髪

蒼ざめてありし一夜《ひとよ》よ癒《い》えがたきひとの記憶はみずみずとして

折《おり》ふしの虹の断片　みずいろの雲移りゆく湾の上の空

光量は豊かなるかな余呉《よご》の湖椿草里《うみつばきぞうり》の水村に来て

吃音《きつおん》の汝《なれ》を思えばうら哀しわれが生命《いのち》を産めざることも

カ行音躓《つまず》くあなたの吃音に交叉している山の水音

眠るとき櫂《かい》のごとくに手を伸べて夢の汽水の光を潜《くぐ》る

水軍の裔《えい》を称するひとの文《ふみ》風にかざせば姫沙羅《ひめさら》の香よ

欠け茶碗三和土《たたき》に叩きつけて割《さ》くわれの一人の年越しの宴

遊民の相と言われし両頬《もろほほ》に差すは山査子《さんざし》雁来紅《かまつか》の紅《べに》

歌ありてわれの一生《ひとよ》は楽しきかビビアン・リーとなりそこないぬ

遠く来て九十九里なる砂踏めばひとの膚《はだえ》に触れゆくごとし

"single again は alone again" サイダーの空瓶《から》に挿《さ》したるコスモスの花

〈再々の不正出血〉

先々月　先月　そしてこの朝の椿のごとき出血を見よ

太々と虹の架かれる南南西　二度と会いたくない人が住む

悲しみは一人処理して生きゆかん街は霜夜《そうや》の光の地上

抱《いだ》かるることなく過ぎん如月《きさらぎ》のわれは透きゆく黄水仙まで

水晶橋

とどろくばかり

りんりんと春となる海水面はめくれるような波寄せている
「ずっと一緒の存在だった」の男文字青き便りを春の灯《ひ》に読む
男とはかく無防備に華やかに人を殺さん文書《ふみ》くものか
なまなましき涙こぼせるわたくしを犬が見て居《お》りジャンバルジャンが
萠色《もえいろ》の芥子菜茹《からしなゆ》でしその後の紺の煮汁《にじる》に陽《ひ》がほどけいつ

子守歌うたうことなき唇にしみじみ生《あ》れて春となる風

惜しげなく若さ貪《むさぼ》りいたる日よ四十《しじゅう》のわれはとどろくばかり

首の無きマリア見て来し瞼《まなぶた》を春の彼岸の夜《よ》の闇に閉ず

存　在

人のよろこびわがよろこびとするこころ郁子《むべ》の花咲く頃に戻り来《く》

さきがけの春曇天の濃《こ》むらさき十二単衣《ひとえ》の花咲きのぼる

さくらさくら美《うま》しさくらの幻惑にのめり込みたる日本浪曼派

その存在を語る言葉に苦しむに八十六歳の今日なる一人

神と呼び機関と呼びし一人《いちにん》の老いて気遠《けどお》き昭和なるかな

しきしまのうたなる果てに天皇を見据えいたりし保田與重郎

日の丸とこのわたくしを不幸なる関係として昭和流るる

「que sera, sera《ケセラセラ》」、ケセラセラセラさやさやと昭和どこまで戦《そよ》ぎていくや

日章旗引きずり降ろせし沖縄のひとり少女を抱《いだ》きしめたき

夢前川《ゆめさきがわ》

草色の陰を選びて坂を行く雲のかたちの動かざる午後

澄む空は世を倦《う》みているわたくしの行きどころなき虚《うろ》のごと澄む

性愛の火照《ほて》りを知らぬ夏の耳　イアーリングの金具が齧《かじ》る

〈河野愛子氏の死を知ったのはこの朝のこと〉

夢前川　雨のち晴れの空を呑み草の匂いの水を運ぶも

夏雲は死者のものなる腕《ただむき》を北に伸べつつ移り過ぎゆく

思うとき黒き羅紗《らしゃ》なる羽帽子風切り挿頭《かざ》す現実《うつつ》の君は

〈われには黒き柩《ひつぎ》のふさわし〉息詰め読みき『黒羅』その歌

酔うことなく眠れる夜《よる》のあるを知る泣き疲れ悲しみ疲れ倒れ込むはや

ドイツ鯉今朝浮きたるを下げて立つ腹やわらかし魚の死骸《むくろ》は

夢の中にも歌の続きをよみているわれならなくに乳腺痛む

「うたよみは七掛《なながけ》」などと嘯《うそぶ》けるわれも寂しえ沙羅《さら》の木の下

父母《ちちはは》も逝《ゆ》きたる人もあかねさす〈ラ・ポン・ミラボー〉大正世代

感傷に酔える齢《よわい》は早《は》や過ぎぬ哀れ錆びゆく官能も又

人気《ひとけ》なき盆の送りの十五日団地通路に鳴く鳶《とび》がいる

遠雷か花火の音か　遠白む夢前川の水の秀《ほ》の先

朝顔は秋の色なる群青《ぐんじょう》の花の泉を空に向け吐く

ストッキング裂《さ》けたるままに街行きし今日のこころの無惨は何ぞ

父母《ふぼ》の家とわがアパートをつなぐ坂いつか彼岸に父母送る坂

父に似て小《こ》ぶりの足の九文半　指の透《す》き間を風抜けていく

吐魯番《トルファン》の絹

しあわせを恐るるわれか合歓《ねむ》の木の緋の花蔭を過《よぎ》らんとして

夏の父　いよよ小さく中庭にひとつ覚えの軍歌を唄《うた》う

花茗荷《はなみょうが》　屈《くぐ》みて摘めばうら若く美しき日の母の匂いよ

ある夜《よる》は慰藉《いしゃ》のごとしも父母《ちちはは》の血がわたくしで絶えてゆくこと

霧深き夜《よ》を帰り来てねばねばとわれにまつわる愛語を払う

奪いたるいえ奪われし過去《すぎゆき》の愛とはまこと暴力のよう

産むことを知らぬ乳房ぞ吐魯番《トルファン》の絹に包《くる》めばみずみずとせり

フェミニズムさえ

こまやかに萩の花粒こぼれいる雨の乾きし敷石の上

朝シャンを欠かさぬ髪のごと無臭　千里ニュータウン桃山台駅

人工都市ここに住み慣れ八月のわが影柔《やわ》しわが影浅し

団地五階に独りし住めば身巡《みめぐ》りを噂《うわさ》さざめく「妾《しょう》」または「デイト嬢」

「家族論」「都市論」止《や》みて今世紀終末戦《そよ》ぐ「シングル・セル」論

笛吹川　ここに過ぎ行きし一人かも河野愛子はすでに亡きひと

甲斐犬《かいけん》の斑《まだら》の皮膚やボロボロのわれのこころのごとく寂しく

〈死に去《い》んぬ死に去んぬ灰に作《な》んぬ〉と亡きひとのうたを偲《おも》えば亡きひとの声

歌よみてうた残しゆくそれのみで寂しからずや女うたよみ

身延線鰍沢《かじかざわ》駅かつてわれ夫《つま》と並びて影曳きし駅

あなたへと伸ばすことなき夜《よる》の腕花の蕊《しべ》ほど冷えていたるも

雨しずか葉月《はづき》つごもり降る雨はサマーシューズの木綿を濡らす

C・Tスキャンにとらえられたる胸の翳《かげ》うたい捨てたる歌反古《うたほご》の影

ポシェットは肩から腰へすべり落ちフェミニズムさえわれを救えず

今日にして四十二歳のわたくしは行き惑えるか生きはぐれしか

みすずかる信濃追分《おいわけ》晩夏《おそなつ》に『風の詩人』を読む一夜あり

物言えば唇寒し物言えば〈O《オー》〉と答えよ信濃路の雲

四十代《しじゅう》この先《さき》生きて何がある風に群れ咲くコスモスの花

＊

うら若き日々の驕《おご》りに失いしかの愛恋をかみしめるかも

夢《ゆめ》　屑《くず》

冬の気《き》の青く澄みゆく午後の部屋眠り不足のまなこが痛む

わたくしを夢の中にて抱きくれしあなたよついにその顔見せず

アスターナ、交河《こうが》、交昌《こうしょう》、吐魯番《トルファン》の旅に見て来し城の朽《く》ち跡《あと》

細き細き藁稭《わらしべ》用いヨグルトを吸いいしカザフを思う何ゆえ

滅びゆかん少数民族ウイグルの旧《ふる》き飯器《はんき》は椿のごとし

意識下にいまだ沈まぬ旅の日がきれぎれ泛《うか》ぶ夢屑《ゆめくず》のごと

なまなましき夢の中から起き立ちて汲《く》めばひんやり甲子《きのえね》の水

＊

わたくしがただいるほかは鈍色《にびいろ》のがらんどうなる冬の日の駅

コンコースの風に撓《しな》えるこの今をかばわれいたし肉厚き掌《て》に

風強き乗り換え駅の出会いなり体感持たぬ言葉を交す

一度《ひとたび》を抱かれし後を去りたきに帰りてゆかなそれぞれの夜《よ》に

枇杷《びわ》の葉を扱《しご》き沸《わ》かせるしまい湯にこの夜《よ》のからだ鎮《しず》めがたしも

*

髪乾《ほ》すとテラスに立てば薄青き光を曳ける終《しゅう》バスが見ゆ

洗い髪濡れて光れるそのままをあなたに倒れてゆくまでの愛

時間

雨あとの草生《くさふ》の匂いひやひやと路上のわれを潤《うるお》しゆくも

光澄む森の上なる昼の月ゲンノショウコの花よりあえか

ポインセチアの朱を並べある隣り窓五〇五号室に住むひと知らず

洗いたての髪をこすりてベランダを過ぎゆく風は波花のごと

原稿用紙を鶴にカッパに折りたたむコタツの卓にもの書きあぐね

人の声の恋しき丑三《うしみ》つぎんぎんの野良猫どもの無頼《ぶらい》も許す

筆箱に巣食うイエグモ消しゴムの護謨《ごむ》の符牒となりて動かず

息苦しくなりては地上に降りて行く一階は五階より空気濃きなり

柴犬《しばけん》ベンケイ甲斐犬《かいけん》リュウがこもごもに唇《くち》なめくるる夢に来たりて

＊

外灯のひとつひとつがアルパカの瞳《め》のごと寂し神田神保町古本屋街

四十二歳の吾を「もっちゃん」と呼ぶ母の声はうららか冬のしじまを

母にありわれにもありて姉にある左胸乳上《ちちうえ》二つの黒子《ほくろ》

凪《なぎ》の海のように明るく死ねるかと母の願いはいつにても甘し

ひとつ蚊帳《かや》に母、姉、われは眠り落つ死後の時間を共にするごと

水晶橋

ただ一本買いしコスモス冷たくて素直なるかな花の透明

しなやかにスカーフ結ぶ胸元はせめて明るきわれでありたく

水晶橋　雨後《うご》を渡れば逢うという時間の中を生きし日のごと

電光の時計の文字は雨に濡れ滴《したた》り流る時間も夜《よる》も

人は唯《ただ》ただ自らのみを愛すると知りて終らんこの秋もまた

しらしらと光流るる空港にわれを離れん人を見ている

＊

燃ゆる夜《よ》は水晶橋に一人来てあなたへ続く幻を行く
終《つい》の日の……

ぬばたまの黒の喪服を吊しおく昭和燦燦《さんさん》暮れてゆく日を

朽ちてゆく時代《とき》の静けさ水辺《すいへん》のトベラはこぼす光のしずく

アシュケナージ弾くシューマンのロマネスクわけのわからぬ涙を誘う

唐土《もろこし》の藍の布地を裁つ母の鋏《はさみ》持つ手は祈りのかたち

タクラマカン砂漠の石の首飾り胸にて鳴れば潮騒《しおさい》のごと

エンペラー癈《すた》れし国とEmperorいませる国と何かが違う

行くあてもなきに買い来し登山地図モルゲンロートを指で辿《たど》るも

五階より見る遊園の観覧車朝は毛羽立つ光をまとう

秋口の柔《やわら》となれる神経にフェデリコ・ガルシア・ロルカが沁みる

フランスの田舎のような野の空をゆくりなく刺すパンパスの穂よ

たわむれに抱《いだ》きし赤子《あかご》　地球人ホモサピエンスの生命《いのち》の重み

つんつんと弾《はず》まずなりしわたくしの膚《はだ》と思えば悲しみは来つ

＊

速達は黛敏郎発信の「御快癒祈願歌」寄稿依頼ぞ

唐突に靖国神社に行くという母を哀しむ順なる母を
父母《ちちはは》の生まれし大正　前《さき》の代《よ》のそのまた前の代となるいつか
この今のわが胸水《きようすい》を一片《ひとひら》の菊の花びら戦《そよ》ぎてゆけり
ブーツ覆《は》くまでになりたる寒さかな気《き》の澄む朝のベランダにいる
たわいなく人の手が欲しジッパーを独りたどたど引き上ぐるとき
ふかぶかと陽《ひ》の射す午後のカフェテラス光は爆《は》ぜて潮汐《ちようせき》のごと

＊

〈ＮＨＫラジオ、定例の「御病状」を放送〉
カルテ読む声に続きて流るるは「アイネクライネナハトムジーク」

昭和《あきかず》とあなた名付けし祖父のことしきり思えるこの秋の夜半《よわ》

いたいたしき老人《おいびと》なればかの人の全存在を一瞬《ひとときゆる》有す

歓喜とも罪とも思うたま極《きわ》る「Xデー」を待つ民《たみ》われら

＊

終《つい》の日の昭和なるかも純白をまどかに開け夕顔の花

突風の海

風の道

いつしかに澄みわたりたる昼の空紫陽花《あじさい》色の雲流れゆく
すべすべと輝く森よ　北向きの窓に机の位置を変えれば
遠き森の上にあえかな余光あり優しきものの兆《きざ》しのごとく
摘みて来し田芹《たぜり》の中に混りある鳥の羽毛《うもう》は黄鶲《きびたき》のもの
しびれたる掌《て》を湯の中にほどきゆく辛夷《こぶし》の花の苞《ほう》のごときを

雲の分布仰ぎ見て立つ屋上にカールほぐしゆく風の道あり

ちかちかと春の陽《ひ》眩し神経網くぐり抜けゆく光の束が

水打てばはればれ光るひとつ墓忘れ果てたき昭和のごとし

ラスト・エンペラー Last Emperor この年の春の花冷え忘るるなかれ

いざ今と振り向きたれど誰も居ぬこの寂しさよ鍼《はり》のごとしも

*

やわらかくあかね色なる思考欲し内紫《うちむらさき》の朱欒《ざぼん》を剝《む》けば

抗わぬ今の私よなめらかに渚を濡らす波の秀《ほ》に似て

この国に生きて歌詠む溶暗《ようあん》がときに近づきときに遠のく
黄昏《たそがれ》の国を生き延び精神の娼婦と思《も》える言葉を紡《つむ》ぐ

＊

万の憎　万の愛着　たま極《きわ》るこの皇国に生きてしやまん

水となること……

湖《うみ》の虹共に見し日の眠りなり夢の中まで水の匂いす
桃の花摺《す》り込みし掌《て》よてらてらと昼の流しに鮠《はや》のごとしも
りんりんと漲《みなぎ》ることのなき乳房そこより冬の気《き》が潤《うる》みゆく

子の父となりているかも前《さき》の夫《つま》　その前の夫　別れたる後

ひたひたと積るひもじさ母となることなどなくて過ぎゆける日に

夕つ方《かた》落葉松《からまつ》色の影踏めば影はいのちの欠片《かけら》のごとし

枇杷《びわ》の葉湯かきまぜおればしんしんと母の不眠の泣き声聞こゆ

触角のいまだ滅びぬうろくずに雲母《きらら》きらきら塩ふりこぼす

土手道《どてみち》に末枯《すが》れしままの立葵《たちあおい》兵となる日の父なりしかも

父よ父　母を愛してわたくしをかの夏の日に契《ちぎ》りたりしか

ちちのみの父と頒《わか》てば如月のひとつ哀しみ花びら餅《もち》は

さやさやと父母《ちちはは》老いぬ　わたくしは風の族《やから》を落ちゆく椿

＊

アナキスト管野須賀子は子を成さず彼女思えば山吹の花

父母《ちちはは》の血をわたくしで閉ざすことといつかわたしが水となること

突風の海

四月去り五月も半ば鬱々と卒塔婆《そとば》のごとく本重ね過ぐ

春寒の海は五月の水明り雨の上がりし静けさの中

湾岸に咲く石蕗《つわぶき》の黄の花の不思議なまでの存在感よ

寂しくて付けているのかびらびらと揺るる瑪瑙《めのう》のイアーリングは

潮風に酔い醒《さ》まさんと昇る坂枯木灘《かれきなだ》見ゆ　突風の海

黒き服ばかり集めていし頃の私のこころ　流離のこころ

時間《とき》盗むごとき短き解逅《かいこう》に疲れし顔を見せて来しのみ

檜扇貝《ひおうぎ》　肉を裂《さ》かれてしとしとと海の涙のしずくしている

海風にほどかれ今朝は柔かき五体を雨後の薄陽に晒《さら》す

ソシアリスト君の苦しむ花粉症今のあなたの心弱りか

極《きわ》まりて堕《お》つるほかなきこの国の男《おとこ》女《おみな》を逃げられはせぬ

海山《うみやま》の見えざる部屋に眠りいんあなたよ海は半球の青

いつからうたとなりて湧き出ん哀しみを片寄せ畳み打ち返す波

眼前に枯木灘見ゆ　突破口見えざるままの私の前に

寝《いね》方《がた》

至近距離二十糎《センチ》より近付かぬ男の肩よ鉈《なた》のごとしも

情感はふつふつ溢れ愛となる三歩手前で揺れていますが

揺さぶられ揺さぶられても動かざる愛に不感の私のこころ

受話器にて聞けば涼しきバリトンの君は山窩《さんか》のようなる男

風の又三郎のように夜《よ》を来る男《ひと》のため暖めおかんわれのかたわら
喚《よ》び起こす記憶の中の性愛は独り寝われを擦過《さっか》していく

＊

寝方《いねがた》に思い出すべきひとの顔すり替わりしはいつの夜《よ》からか

　身から出た「夢」

必ずや心静もる石畳この伸びやかな坂を登れば
哀しみはうたわずなりぬ春を待つ堅き蘇芳《すおう》の莟《つぼみ》のごとく
冬霜《ふゆじも》の緩《ゆる》める白さ頤《おとがい》のいたく貧しき透明感は

側溝を流れゆく水着《き》膨《ぶく》れて家鴨《あひる》のような私を映す

右折でも左折でも良し　あてどなく黄のクレスタのハンドル摑《つか》み

大寒の空の滴《したた》りゆくらゆくらフロントガラスに雪こぼれ降る

卐（ハーケンクロイツ）にダブりて見ゆるワーゲンのW印のクルマ疎《うと》まし

再婚を告げ来し昨夜《きぞ》の彼の声はつか華やぎいしを思うも

新しき妻得る彼の幸《さきわ》いを心底われは喜びいるや

微熱とはエロチックかな咽喉《いんこう》をひたひたひたひたと十薬下《じゅうやくくだ》り

思いっきりひとに甘えてみたきなど今朝のわたしは綿々として

生きるとは何をすること七連の淡水真珠頸《くび》に巻きつつ

四キログラム減りし体重わたくしに憑《つ》きいし何が萎《な》えていきしか

拷問の跡ある死体転がれる写真見て立つ新聞社前

背後より人は撃たれぬ振り返り振り返りつつ夜《よ》の街を行く

ヨード卵コツコツ割れば卵黄の濡れし瞳は吾を見るごとし

浴室の曇りガラスになぞり書く「身から出た錆」「身から出た夢」

夢食べて生きていし日のわたくしに還りゆくべく眠らんとする

*

父母《ちちはは》に姉にも言えぬ哀しみが増殖しつつ親月《しんげつ》終る

終　夜　燈

佐久の空澄み極まりて初秋《はつあき》の葡萄色なる風鳴らしいる

山の秋すでに来ていてたわたわと白穂震わす晒菜升麻《さらしなしょうま》

たけなわの女なるかな四十代《しじゅう》萩打つ風が喉に染《し》みるも

夏の旅　紀州白崎長良川信州北佐久風切り峠

遠くには煙を上げぬ火葬場《かそうば》の銃器のごとき煙突が見ゆ

半円の虹立つ峡《かい》の北の空行きたけれども行かぬ〈東京〉

佐久鯉の骨しゃぶりつつ思い出《い》づ鯉飼いて鯉を食べざりし父

つづまりはかの父母《ちちはは》を逃がれたき　夏のカンナの緋のごとき血を

水の婚　草婚　木婚　風の婚　婚とは女を昏《くら》くするもの

雨の精　夏の精など籠《こも》りたる部屋に風喚《よ》ぶ旅より戻り

「この夏は休みなしです」来信は健気《けなげ》なるかな松平盟子

地球儀を廻して見ればペルシア湾　人さし指にて覆い得る海

アルメニア、アゼルバイジャン、リトアニア、指もて辿る地球儀のうえ

闘いは目に見えぬゆえ見えぬゆえニュースの襞《ひだ》を剖《ひら》きつつ聞く

西暦二〇〇〇年　いかなる私　いかなる地球　生きて在《あ》りたし

終夜燈あかあか点《とも》る列島の白日光《はくじつこう》もいつまでのこと

文字盤の針身動《みじろ》がぬ時計草現実《うつつ》逸《そ》れたる時間を刻む

こんこんと時間遠のき立ち昏《くら》む血の気《け》薄れて紗《しゃ》のごとき身は

わがために優しかりにき野の花の黄すげ夕すげこの夏の花

　異水のごとく

たわたわと木犀香り春の夜の男坂行く眼《まなこ》に痛し

言葉以上のあなたは見えずだんまりの無口の男それゆえいいが

声とならぬ言葉をついに呑みくだす「寂しいときは私を抱いて」

＊

髪汚れしままに会いたる短夜《みじかよ》が悔いのごとくに閃《ひらめ》き返す

昼深き夢に見ているしろじろと煙《けぶ》れるまでに熱持つ乳房

乳首《ちちくび》は突起したまま性愛を潜《くぐ》ることなき眠りの中を

稚《いとけな》き者に与えしことのなき両《もろ》の乳房は翼であるか

眥《まなじり》をこぼるる汗よ泣きながら眠り込みたる続きのごとく

抱かれしも抱《いだ》き合いしもきれぎれの夢の続きの記憶のような

何もかもわからなくなりわたくしは世紀末的時空に淀む

＊

過去《すぎゆき》は美《は》しき言葉ぞマルキスト　ソーシアリズムにソビエト・ロシア

裏切るは人のみならず　ナロードが抉《えぐ》り出したる桃源界も

さまよえる社会主義かも今世紀終末にして滅ぶ主義かも

紀ノ川の光り透《す》く面《も》に会いて来し眼《まなこ》よしかとこの今を見よ

しとしとと空の濁りはしたたりて螢ぶくろの花序《かじょ》に連《つら》なる

プラトニク・ラブにてもよし遠くより私見ているあなたであれば

半分は女を捨てて生きている私が夜《よる》の湯槽《ゆそう》に軋《きし》む

〈永山則夫著『異水』を読む〉
死刑待つ一人の流す涙とは露草色の異水であるか

ヘアピンカーブ曲がる刹那《せつな》を光る海未知の世紀の異水のごとく

＊

この人も過ぎて行く人　見返れば風のようなる男が一人

揺らめき

稲妻は銃火のごとく空を貫《ぬ》く　非戦の国のこの秋の夜《よ》の

旅に会うゲンノショウコの花の色つつましくしてあたたかき紅《こう》

ぽつねんと立ちて見ている紀伊の海　入江はしばし光の器《うつわ》

突風は髪を攫《さら》いて空に消ゆ愛の嵐の記憶のように

四十代男性《ひと》は疲れてマルキスト君の寝顔も草片《くさびら》のよう

ペルシア湾　燃ゆる水抱く獣《けだもの》と思い込みしはいつの日からか

漁火《いさりび》は沖を揺蕩《たゆた》い皇国に生きるわたしの揺らめきのごと

孝子《きょうし》峠　風吹き峠　紀見《きみ》峠　故郷《ふるさと》紀州へ風抜ける道

紀ノ国の海の明るさ平安に遠きわたしの項《うなじ》を照らす

通い婚　いえ風の婚　たまさかに二人見ている竜神ケ崎

黒南風《くろはえ》のように

久し振りに広島の街を歩いた。

元安川を渡り、平和公園を横切って相生橋《あいおい》のたもとに立った。冬の最中《さなか》の寒風が川上から打ち下ろすように吹きすさび、しらしらと頬を刺しながら通り過ぎていく。


生きていれば意志は後から従きくると思いぬ冬の橋渡りつつ

もう十年余りも前のこと。その日も風の強い、凍《し》み通るように寒い日であった。

生きているという実感がまるで無かった。相生橋の上からは否が応でも、くずおれるように佇む原爆ドームが見え、私にはその光景が眩しすぎた。

生きたいとも願っていないのに生きている私。当時の私は、生きているという確たるものが何ひとつ摑めないままでいた。

けれど、この肉体。私を支えている私の体《からだ》は、どこかでもっと、もっと生きたいと願っている。心はもうとっくに壊死《えし》したような私なのに、体だけはそんな心を越えて切実に、けん命に生きたがっている。ならば、ひとまず、生きたがっているこの私の体に従って、もう少し生きてみることにしよう。そうこうしているうちに、いつか、生きようという意志がこの体を越えて動いていくかもしれない。

冬の橋のうたは、そんな思いの中から生まれたものだ。


あれから十年余り。

ほぼ四年近くを広島で暮らした私は、その後、埼玉県北部の利根川べりの小さな町に移り住み、そこで四年。甲州山梨県の山峡の村に一年余り、そしてここ大阪で五度目の春を迎えようとしている。

紀州和歌山、大阪、名古屋、松江、東京。少女時代を過ごした紀州以来、私が移り住み、暮らした土地は十指に近い。

子は親の生き方をなぞるとはよく言われる言葉であるが、戦時下の朝鮮半島で出会い、敗戦後の混乱の中を、歩いて半島を縦断、日本に還りついたという父母の生き方を見ていると、私にもこうした生き方を辿らねばならぬ何かがあるように思う。

ただ呼吸しているのみの生体と今の己れを突き放したり　（『水憂』）
ひと恋はばひとを殺《あや》むるこころとは風に乱るる夕萱の花　（『ゆうすげ』）

冬の橋のうたは最初の歌集『無援の抒情』の巻末の一首。ここにひいたのは、それに続く『水憂』、『ゆうすげ』の最後のうただ。

私のうたは、いずれもあまり楽しくないし、どちらかといえば白黒の、モノクローム写真のような、沈んだ無彩色のうたといえる。もっと明るく、故郷紀州の海のような、南国の煌《きらめ》きに満ちたうたをつくってみたいと願ってはいるが、なかなかそううまくはいかない。ただ、『ゆうすげ』の時期に至って、平板で、色彩感や日常の匂いの乏しかった私のうたに、ほんの少し、草の匂いや柔らかな風の流れが添うようになったことが、心ばかりの救いといえるだろうか。

炎あげ地に舞い落ちる赤旗にわが青春の落日を見る

こううたった二十一歳の日から、もうそれまでと同じ、いえそれ以上の時間が過ぎていこうとしている。凝固したままで決して動こうとしない重い時間の湖《うみ》が、いまだ私の中に息づいたままだが、そんな時間とは裏腹に、明るい方へ、伸びやかでイキイキとした時間の方へと、歩き出そうとしていることも確かだ。

さまざまの地で生き、その地に揺らめく光や風、そこで生きる人々と出会い、私は二度の結婚と決して実ることのない人恋いもした。どうしようもなく一人が好きで、一人の時間の中でこそ、全き自由でいられる私なのに、また、どうしようもなく人恋しい私でもあるから。

私の短歌は「一種の喪失感、何かを失うときのうただ」とよくいわれるが、今、その意味が沁みるようによくわかる。

自由にしろ、愛にしろ、何かを得るということは、代りの何かを失うこと。得るということは失うこと。その不思議の連続が、きっと生きるということなのだろう。少しばかり私にもわかりはじめて来た。

ここ四、五年、父母の近くに暮らすようになり、私がこの地上に残すことのない「いのち」について思うようになったことも、私にとってはひとつの変化といえるだろう。

四十代。この先、何が見えてくるだろうか。せめて心の中だけは、いつもさわさわと黒《くろ》南風《はえ》のような、透き徹った南の海の風が吹いていてほしいと思う。

一九九一・二・四　立春の日に。

道浦母都子

歌集　夕駅（抄）

風傷

肩から胸へ

寂しくてはた切なくて求めたる木綿《めん》のショールを肩から胸へ

女疲れ処世疲れ《おんなづか》の四十代《しじゅう》　創《そう》のごとくに乳腺《にゅうせん》痛む

遠き電話に酔いて掠《かす》るるひとの声運河を溯《のぼ》る海霧を言う

細き細き金の鎖を贈りてくれしひとのこころを鎖にたぐる

すぼめたる傘の尖端《さき》にて人の名を空《くう》に描けり　独りなるかな

投げ出してしまえばよきに四十代《しじゅう》疲れ世代の人恋いごころ

海溝

いち早き春の光に会いに来ぬ黒南風《はえ》渡る波切《なきり》の海に

はたはたとスカーフ靡くこの果たて砲声止みしあの海がある

今日霞む遠州灘は神島の墨色濃ゆき輪郭を置く

旅の中こそわたくし　濃厚に時間《とき》の架橋を息づくものを

百歳まで生きてうたよみし人を読む時間溜《だま》りの岬の砂に

風向計向きを変えれば置きて来し仕事ジクジク思い出さるる

夫《つま》でなく父でもなくてかたわらのひとの匂いは男の匂い

愛しては人を追いつめたりしこと野火のごとしも夏の終わりの

海溝の色の真珠の一粒を握らせくれしひとのこころよ

浜風が海軟風と凪ぎてゆく夕を帰らな独りの家に

失速

夏七度巡れば二十一世紀　茜色なす時空《じくう》はありや

世紀末的不気味のひとつ鶏頭が空に翳《かざ》せる紅《くれない》の掌《て》よ

マルクスはかつて万能　おおどかにユーラシア吹く風に運ばれ

海を見ず過ぎてゆく夏　ひんがしの社会政権崩《く》えてゆく夏

夏の日のエロス短し　クーデター一夜限りの性愛に似て

口づけの後を語りしコミュニズム　あかねさす過去　ぬばたまの現在《いま》

ホテル・スカンジナビア

ロシア語をまた始めんと思うかなときに素直なるこころとなりて

会いに行けぬわたしに替えて送付せり越前海岸自生水仙

風傷の林檎一顆《いっか》をもてあまし独りの夜を存《なが》らうわれか

アルバムにいまだ残れる元夫《つま》の写真は不治の火傷のごとし

許しがたき存在《ひと》年年に増してゆくかかるひもじさはわれのひもじさ

夫子無く生きる自在さ卓上をまろび転がる鶏卵のよう

船室のベッドはどうしても傾く

フローティングホテルのベッド揺らめき傾《かし》げたるままに眠りぬ地軸のように

逆しまに官能落下するごとし船の揺らめきは性の揺らめき

少女子《おとめ》の父《ちち》親する時間《とき》の君の顔見ることもなし見たくもあらず

甲板に水を流して清めいる労働見れば涙ぐましき

指に冷たき牡蠣《かき》の身つまみし感触がノブ握るとき甦り来ぬ

願望《ゆめ》

枯木灘の海を見たしと思うかな切羽《せっぱ》詰まったときの習いに
真珠貝の光るブローチてのひらの上を転がし転がしわれは
判決は午後一時半鬆鬆と針を進める時計を仰ぐ
なにゆえの昼の花火か　銃声の音に聞こえて戦《おのの》きやまず
〈最高裁、永田洋子・坂口弘両被告に死刑の判決〉
この国に死刑あること私刑裁くために死刑に処すということ
取り上げし受話器を元に戻したり一人耐うべき悲しみもある
「ケセラセラケセラセラセラセラセラセラ」悲しすぎたら出まかせ歌う

ふらふらといつしか来ていし屋上に遠澄む海と空を見ている

風花は涙の花ね　こんなときそばにあなたがいてくれたなら

赤軍の兵士眠れる獄舎ある〈大東京〉を雪降り包め

今朝よりは死刑囚なるひとのうた筆写して居り写経のように

老い母をまたも嘆かせいたるかなほしいままなる自分を通し

〈東京〉は遠くにありてそれでよしここを動かぬ生き方もある

うたは慰謝　うたは解放　うたは願望《ゆめ》　寂しこの世にうたよむことも

流氷の海の色かも行きずりのわれに振り向く極地犬《ハスキー》の瞳《め》は

ひとは獄にわれはぬくとき如月の冬のきららの陽だまりの中

蛇　腹

生と死の汽水のごとし雨の後の無風時間の河口に立てば

うっとりと流されゆける安治川《あじがわ》の白きハシケは昼の光体

疲れやすき私なるかな意識下に追い払えざる一人がありて

空と呼ぶ水族未踏空間を鯨のような雲泳ぎゆく

理由なきわざわざごとをひとはする今突堤を歩む私も

鉄橋を渡る車両の鳴動が私もろとも汽水を揺する

この時刻新大阪を通過して西下してゆく一人があるも

風止みて風また生《あ》るる水の上　結語を言わば〈会うことが愛〉

くれないの蛇腹のようにしまし揺れやがて鎮もる安治川の水

カラコルムの虹

心なしか合歓《ねむ》の緋色も底紅《そこべに》の木槿の紅《こう》もこの夏冴えず

昼風は地熱を帯びてブラウスの薄き木綿の楊柳揺する

会いに来し藍の背広の長身に並びてわれのパラソルは白

男とは夏の緊張　直行の意志そのものの青茎の葦

エスカレーター下降途上のわが肩に彼の手ありき一、二秒間

シャツの釦《ぼたん》二つ外せる炎昼の男の胸部《むね》の漲りを見つ

見送りはすなわち別れ長く長く駅に一人を見つめてありき

うたごころ取り戻せとはファクスにて届く恋語の結びの言葉

姉よりも白髪増したるわたくしとしみじみ見つむ夜の鏡を

母も我をも捨てむとしたる四十五歳の父の心情《こころ》が解りぬ少し

ああわれは泣きたくなって午前二時寝入り間際のでんぐり返り

＊

〈モンゴルは草の海、草洋の国〉

草洋の国に来たりて出会う雨　雨はいずくも順直に降る

草笛に似たる音色の馬頭琴チャイコフスキーの楽章奏づ

草の海に草の風吹く草洋に寝転び思う「孤島日本」

〈エルデニ・ゾーはかつてのアバダイ・ハーンの都跡〉

束の間の驟雨上がりしカラコルム　エルデニ・ゾーに虹の半円

遠吠えの獣の声に夜半目覚め包《パオ》を出ずればホジルトの月

ファックスも電話も鳴らぬモンゴルの時間に開くわが心あり

運河

彩秋

大阪は雨　会いに行けざるわたくしとコスモス叩く彩秋の雨

確実に半日遅れ降る雨が大東京のあなたを濡らす

愛恋を時間《とき》の浪費と思いたるかつてのわれや痩吾亦紅《やせわれもこう》

一つ傘に夜の雨行きし感触は絖《ぬめ》のごとしも甦りくる

砂時計

五十日間雨に触れざるこのからだひりりひりりひり棘のごとしも

水飴のように粘れる昼風が五階の部屋に沼となり耀《て》る

雨乞いの呪文ならんか「シュミーズ」と母つぶやけば「清水《しみず》」に聞こゆ

駱駝色に立ち枯れ果てて夏空に首突き出しぬ坂のひまわり

声をきかぬ五百時間の空漠に飢餓にも似たる恋慕膨らむ

度度を「怒《いか》り」を「努《いか》り」と書き違えわれは忿怒を忘れゆくらし

ありなしの障子の破れ桔梗《きちこう》の花の形状《かたち》に光線《ひかり》を洩らす

草むらのけもの道なる鹿の子百合「赤毛のアン」のソバカス模様

むらっ気の日照雨《そばえ》通過し敷砂にうろこのごとき雨粒を置く

誰も彼もいなくなりたる公園に木霊となりて犬とわれ居り

なめらかに夜の身熱をなだめ吹く夢の中なる水性の風

パラソルの麻を透かして光る湖《うみ》　渉りゆけざる水の深藍

「思い出は墓場に曳きてゆくのみ」とひとの言葉は静かなるかな

一年を一夜に生きむ残照の湖水はわれの悲哀を流す

砂時計の天地を変うる一瞬も砂したたりて過去となる時間《とき》

しずやかに降りている雨　湖西線高架駅にて二人して見つ

夕駅

残照の光の海を二人行く花のごとかる罪を抱きて

両手にて君の冷えたる頤《おとがい》を包みていしは冬の夕駅

夢に見るあなたはいつも水びたし　海中《わたなか》深く押し黙る牡蠣《かき》

漲《みなぎ》らう男の身体《からだ》　寒の夜を抱《いだ》き締むれば樹液の匂い

駆け落ちは賭けて堕《お》ちゆく愛恋の行き処あらざる灰黄の闇

欠刻

数珠蔵《しま》う無垢の桐箱いましがた死者見送りし棺のかたち

ヘソの緒のいまだつながるごときかな母が私に摧《くだ》く思いは

藤棚の花の下なる水溜り　この世の外《ほか》の白藤動く

花殻《はながら》の一つとなりて靴底にひとつ転がる蜂のむくろよ

ゆくりなき真昼の声は隠岐航路船舶電話が伝えくる声

その妻の癌病むことを聞きている梧桐の欠刻ほの昏むまで

男とは涙するひと　男泣きならずはらりと光こぼして

〈ピカソには何人の妻がいたのか〉

妻を換えまた妻を変え妻を替え子を残し絵を残したるピカソ

＊

独酌は女のものか丑三《うしみ》つのコップ酒とは小気味よきもの

濡れ髪のままに出でたる夜のテラス絖《ぬめ》のようなる月光及ぶ

六月の雨中を届く　あなた発「俺が墓場まで曳きずる想い」

曳　航

二人居て心底寂し空港の白き光の流るる中を

ネックレス静かに置けば昨日見し台北運河の一縷《いちる》の流れ

切り出せばとめどなくなるわが言葉人間《ひと》の言葉は美しからず

泣き伏せる女《おみな》の姿態《すがた》になぜか見え疎ましきなり懸崖の菊

失わぬためにあなたに近付かぬ　わたくしの愛　しらびその花

秋虹

点滅

手の窪に零せば雨の匂いするヘチマコロンの草色の水

いさぎよく断ち切りたりし恋情を今朝はちまちま呼び戻し居り

ナタデココ喉すべらせつつ思うなり人間《ひと》の膚《はだえ》の色違《たが》うこと

かの日告げ取り戻せざるわたくしの言葉のごとく澱む街川

輪ゴムにて束ねし髪にまつわれる共に死なむという絵空事

さびしさまぎれに食《は》みてなおさら寂しかりパイナップルの明るすぎる黄

コーヒーは皿にあふれ出　傷心のわれより溢れ出るものがある

眠れねば海草、汐見、紺屋橋生まれし町の橋の名数う

煙り雨しずかに森を潤せる夕べとなりて一人が沁みる

地震《ない》

本は凶器　本本本本本本本本本本本　本の雪崩

地震直後恐れ覗きし窓の外「空白喩」なる静けさがあり

たくさんの人が死んだのに……

あかねさす生の側にて光り立つ黄の水仙とこのわたくしは

寒の水喉《のみど》ゆっくりすべり落ち生ある者を水は流るる

地震《ない》の夜の寒の望月凝血のごとき光に満ちていしこと

＊

冬の川覗き見ているわたくしも映る宙宇も昨日のまま

不意に鳴る「乙女の祈り」激震の後を病気のオルゴール箱

神戸の方《かた》に沈む落暉は人血を吸いたる赤さ美しすぎる

貝塚の上に浮かべる赤き月地震前夜の夢に見たりき

みず色の光の棺曳かれゆくごとしも寒夜の最終バスは

かの瞬間《とき》も繋がれいたる生き物の冬毛の柴犬《しば》の鼻の湿りよ

浄国

〈一九九五年は事件があいついだ。オウムもその一つ〉

木のように水のようにも七曜は心翳りの濃淡に過ぐ

施錠され連行されゆく青年の白き面輪は夕顔の面

信教もイズムも阿片　魂のエクスタシーを誘える蜜

〈浄国などというユウトピアはあるのだろうか〉

浄国は永遠に幻　現世の地にかたちなき天上の花

自らを神と称して憚らぬ髪長男濫《みだ》りがわしき

むらさきの毒撒くごとき夕暮れはかの集団を怖れやまずも

発泡

天山南路　天山北路　なめらかに交叉しやまぬ白日《はくじつ》の夢

深追いをしなくなりたる四十《しじゅう》代　疲れ果てたか　あきらめたのか

全開の空《くう》のわたくし　柴犬のリュウと二人の野の上の時間《とき》

今朝の夢にすれ違いしは津和野人《びと》カイゼル髯の森林太郎

コピー機の蒼き閃光一瞬の生存不安をわれにもたらす

水玉の傘を開けば六月のわが鬱鬱《うつうつ》の発泡のよう

新しきアドレス帳に書き写すことなき幾人《ひと》の中に……かのひと

しみじみと話してみたき一人とも旅にて老いたる父を思えば

山ぼうし四弁の花の一輪が添えられありぬ能登の夕餉に

ここに来てさえ振り払えざる一人《いちにん》の面輪かき消せ打ち返す波

愛語とは憎語なるかも絵葉書に記す言葉は恨みの言葉

わずかにも左右のかたち異なれる二つ乳房を浴衣に蔵《しま》う

雨止みし車窓に見えて静脈の色に光れる内灘の海

蘭《あららぎ》の川

草刈り機の音に乱され白昼をまとまりゆかぬ想念ひとつ

会うことの遠のきゆきて薄墨の暮色となりしひとの輪郭

取り落とし床に割れたる鶏卵を拭きつつなぜか湧く涙あり

たちまちに空かき暗み落下すは泥葱《どろねぎ》の束思わする雨

どしゃぶりの街衢《がいく》に濡るる二輪車のこぼす雫は涙であるか

雷雨去り凪《な》ぎてゆくなりわたくしも卓の上なるケマン草の黄も

寝入り端《ばな》カタカタ鳴り出すファックスの送信音は夢と交叉す

海の色の夜具に眠れど深海の魚《うお》の眠りに至ることなし

半夏生過ぎて取り出す押し入れの闇の腮《えら》なる古扇風機

東京駅北口改札出口前しまし息衝《づ》く二つ螢が

束の間の真昼の夢と記憶せん人と会いたる八分がほど

紫陽花色の峡《かい》の夕景南木曽《なぎそ》駅上りホームに独りし見つむ

特急列車の西陽眩しき玻璃窓に凭れたちまち胎児の眠り

ファミリー

エンペラーとその妻孕む春愁や皇居の上のハムのごとき月

今さらを神とはなれぬ一家族《ファミリー》の微笑み返し罠のごとしも

今ならばまだ逃げ出せるかごめかごめ籠の中なるがんじがらめも

丸三年死刑無きことこの国にエンペラー棲む森のあること

イアリングはずして卓に置く音の禁《キン》と響けりホテルの部屋に

東京は来るたび儚《はか》な山手線車中に指をしゃぶりいる子も

海光

海見むと二人来て立つみんなみの山のなだりの静謐の寺

近近と見る面差しは五年ぶり頬を項をつくづくと見む

だらしなく涙は出でて人前に銀の雫をこぼしておりぬ

柄杓にて汲めば山水こまやかにてのひら濡らしこぼれ落ちゆく

庇われて優しくされて素直なるこんな私は久方ぶりぞ

藍となり夜となる海　すぐそばにひとあることは静かなるかな

三宝柑《さんぼうかん》金波銀波の漣が海の宿りの窓越しに見ゆ

人に傷つけば人に寄り添い癒すべし　海はひたすら打ち返す波

＊

一人する独り正月　誰も彼も家族の網に引っ攫われて

今にして産みてしあればと思うなり鶏卵ひとつ掌《て》の窪にのせ

夫もなく子もなく独り正月の三日三晩は腹にこたえる

死刑囚永山則夫の年賀状今年来ずして絶対〈不吉〉

うたを夫と思えといえるその声のせつせつ沁みる人日《じんじつ》寒夜

葬らん記憶の一つみんなみの冬の最中《もなか》の海光の宿

枯木灘

切羽詰《せっぱつ》まって来たる紀の海　海光はかぶさるごとくわたしを包む

枯木灘　ここに来て知る四十代《しじゅう》このわたくしのとどろける生

望郷を心弱りというなかれ秋を来て踏む紀州街道

魚身

過ぎし時間は夢の屑とぞ呼び捨てむすでに今年も師走尽日

天界の紺の寡黙の不気味さよネオナチズムの予兆のごとく

ぶらさがりとは寒の若鰤　逆さ吊りの魚身が今のわたくしに似る

伏線

〈世界より私が大事〉簡潔にただ率直に本音を言えば

このところ生気なき顔　女《おみな》とは眉の芯より老いゆくものか

秋虹の逃げ足迅し　四十代《しじゅう》　残り時間を思わせるまで

子守歌うたうがごとく口遊《くちずさ》む春の夜なればさくらさくらを

夜を来て大観覧車に揺られいる一人のわれに風吹くばかり

あとがき

『夕駅』は、前歌集『風の婚』以来、六年ぶりの歌集である。

四十三歳の春から四十代終りの今年の春まで、六年間の作品を読み返しながら、ほっと一息ついたような安堵感とある種の物足りなさ、相反する二つの思いが、私の中で交叉している。

『夕駅』に込められている時間、それはじつに多忙な時間であった。短歌とエッセイや評論、性格を異にする二ジャンルの仕事を抱え、ひたすら走り続けていた時間であったともいえる。そのせいだろうか、短歌そのもののインパクトが少し弱くなっている気がしないでもない。だが、ここに収められている二百六十九首のうたは、紛れもなく私自身が紡ぎ出した吐息のような思いの集まりである。

この六年はソビエト連邦の崩壊、阪神大震災、オウム真理教事件など、世界史的にも、日本にとっても大きな事件や変化があいついで起きた時期でもあった。揺れる世界、揺れる日本、そんな中を一人の個として生きながら、ふっと呟くように発した言葉。それらがすなわち、私の短歌だといえるだろうか。

読み返してみて、死刑に関わるうたが多かったのも意外だった。ふだん、あまり意識してはいないが、心のどこかに置き続けている手放しがたいテーマの一つとして死刑の問題があるのだろう。

この歌集が刊行され、夏が終わると、私は四十代を終える。人生の初秋、少し寂しく、少し甘やかな暮れ方の季節、『夕駅』なるタイトルには、これから私が迎える、そんな季節へのある種の期待とある種の切なさを込めたつもりだ。

『夕駅』が、新しい私への出発の駅となってくれることを――。

道浦母都子

一九九七・五・八記

歌集　青みぞれ

（抄）

やまぶき

婚姻色

うそうそととろけるような春時間　高麗橋《こうらい》に降る春の雨

豆腐屋が銀輪停めて商うは木綿、絹漉し、夕暮れの辻

一昔《ひとむかし》とはいつの日のこと　四つ辻の郵便ポストに臍《ほぞ》ありし頃

鶴来、鶴巻、鶴ノ湯、鶴賀、そのかみは鶴の王国たりし日本《にっぽん》

桂林産バラ科甜《てん》茶のほの甘さ未来は薔薇のようにはあらず

りんご飴みかん水《すい》なる天然の味に親しみ少女期柔し

天体が天体抱《いだ》く天球の蜜の時間を日蝕と呼ぶ

座敷吹く風に瘤あり三世代同居家族の父母《ちちはは》の家の

騙されて母の買いたるヘアピース　うち忘れられ手文庫の中

八畳の座敷に眠るははそはの母の寝《ね》すがた花林糖かも

百年の後を思えと父なるは眼鏡の奥に見て居り　未来

深海の潮匂《うしお》える「くえ」食《は》めば信じてみたし人魚伝説

〈何度も事故があるのに…〉

いきいきと婚姻色に輝きて作動していむ原子炉の火は

しずくする木綿豆腐は涙するかの日の誰か　深く思わず

つばらかにひとつばたごの花開く春の対馬の海光のいろ

かっぽう着

父の背に凭れ笑った日のようなこそばゆさかなボアの襟巻き

わたくしを美しくする雪の日よカシミアコートゆるやかに着る

水槽のように明るき花舗の中　立ったままなり花の眠りは

草花に和名ふさわし　首長《くびなが》のラナンキュラスは花きんぽうげ

雪融けてまみず夕水みずたまり住友銀行本店正面

たちまちに二重《ふたえ》の虹は消え去りぬ夢ひとつずつ断ちてゆくべし

右の掌《て》をカイロに包《くる》みほぐしやる物書く手なり右手大切

夜闇の花の気配は匂いなり花の呼吸に時差あるらしき

軍装と白割烹着の寄り添うは父母の戦時下婚礼写真

五十二年間夫婦たる父母　大戦が女男《めお》を妻合《めあ》わせ女男を繋ぎ留め

いつか聞きし父の大事の「ぼくたちは配給結婚」にリアリティあり

生涯に恋愛無しと言う母の老いの日課の海草パック

かんかんと気《き》の満ち澄める東天に空の深傷《ふかで》か五日月浮く

夢《ゆめ》打《うち》際《ぎわ》

午後八時母の眠れる病棟は消灯終えて沼の静けさ

明朝は雨となるかもほんのりと月のまぶたが腫れているから

十年待ちて自由を得たる日よそして十年、自由は孤独

金輪際会わぬと決めたる一人《いちにん》と夢打際で夜毎にまみゆ

白昼を眠るからだは感応す竿竹売りの声の気韻に

病巣に気付かぬ母よ抽出しに着尺羽尺をどっさりと溜め

知花昌一焼き捨てたりし日の丸を掲げそらみつ大和敷島

さくらばな心細りのこの今を凭れゆきたし夕闇の背に

ある日ふと死があたたかく見え始めシャルル・ジョルダン時計をはずす

きしきしと春のキャベツの巻き堅しともあれ明日は良きことのあれ

水仙の喉

しおしおと天よりこぼれ降る雪は冬の籠りの難波江覚ます

今にして受験の夢を見ることのあさきゆめみし浅からぬ夢

文体に斑《むら》あるように人生に大き斑あり浮き沈む一生《ひとよ》

とめどなく雪降り積もり降り重ね月下椿の鮮血埋む

生きるとは夢を断つことおもむろにぽつりぽつりと折る傘の骨

騒乱のかの夜の新宿　今だから語れる秘話を明かしましょうか

女傘男傘咲く東京の雨を見て居り春紫苑あめ

岡本太郎すでに幽界　冬天に仁王立ちなる太陽の塔

乳房《ちちふさ》の尖《さき》に点れる螢火のほとほと紅しほとほとやわし

なげきつつひとりぬるよの心地よさ　たとえていえば真夏の生絹《すずし》

遊歩道転がりゆける空缶は風の帯かも夕光色の

泣きたきは私なのにすでにもう潤目《うるめ》鰯の眼が濡れている

蠟梅の匂いの華《はな》は蠟梅の花の冠りを抜けいで開香《かいか》

〈松平盟子さんに〉
人の見る夢のはかなさ　儚《はかな》　儚　儚　夢のはかなさこの人も知る

＊

昼月は螢子ならむ子守歌うたい終れば消えてしまえり

顔上げて生きてゆかねば　夢にさえきいんと冷たき水仙の喉

そこべに

夜の銀漢

ぶら下がり揺るる白藤　天上の神が忘れし乳房なるかも

鬱じょじょに晴れてゆく午後蒼穹を繭ほどきつつ絹雲移る

抽出しを呑み込むたびに桐ダンス風のかたみの声を上ぐるも

書きても書きても癒ゆることなき哀しさは夢に卵を割るごときかな

ははそはの母は親馬鹿わたくしのためにのみ泣く南京かぼちゃ

陽のながれ風のながれの遠景にそよろと高し桐のむらさき
　まことしやかに
きりきりり土佐堀川に群れて鳴く紅アジサシは水面を蹴り
伶人町六万体町烏森雨の浪速は抒情するまち
この辻を松虫通りと名付けしは言葉に匂いありし日のこと

＊

〈六月五日ボストンへ。初めてのアメリカ〉
まことアメリカ自由の大地　街上に男二人がキス交わし居り
ジェンダーを越えゆく愛の弥終《いやはて》は？　今きらきらしアメリカン・ゲイ

退屈な案山子のように佇ちているU. S. Mailの青きポストは

ここはアメリカ　目覚めの度にいいきかす夢の会話は日本語だから

「アメリカ式別れをしましょう」柔紙《やわがみ》のような彼女を抱《いだ》きしめたり

〈八月朔日、朝のこと〉

この朝《あした》縊られ逝きし人の名と読みて知りたり永山則夫

あかねさす昼食時の話題には昇ることなし刑死のことは

昼さびし寂しごころの鬱血がしたたり溜まる底紅木槿

夢に入り夢より醒めんあかときを旧《ふる》きクルドの歌が聞こゆる

ものの影うすらな昼を天竺川まことしやかに青を流すも

片男波

震えやまぬ合歓の睫毛よ透明の不安はきざす樹下の椅子より
芋蔓式に老いるままなる団塊の世代であるかこのままは嫌
吊るし干す更紗木綿に透くひかり光は眠る時間の檻に
妻たりし頃の夕焼け　ひんやりと雲の縁のみ光っていたが
肉厚のどんこ椎茸水孕み個体数過多地球のようだ
ほの甘さこそが明治の香気なり子規のココアに漱石のカステラ
山手線高架駅下神田川水の乳房が泡立ちている

風の街しずかに昏るる聖首都の真中の森は不可侵の森

ひたむきな首都たりし日の東京に佐多稲子在《あ》り志のこころあり

＊

夢に見るわれは抜け髪チェルノブイリ汚染地域の雨にまみれて

人はみな言葉抑えて苦しむに柘榴やすやす朱を吐きて居り

和歌山県南部《みなべ》川村字神野梅の里なり虹の片見《きれ》ゆ

夕さりの藤白峠にすれ違い熊楠ゆうらり夢にも裸足《はだし》

東雲《しののめ》色の光あふるる今朝のうみ空は破れた傘であるかも

枯木灘　ひとり占めなるわたつみは浄土思わす卯月のひかり

夢見ては夢に疲れて立ちつくす片男《かたお》の波の抒情するまで

波の風合瀬《カソセ》

日射し追い窓辺に移り髪をとく春は名のみの如月二十日

ふくらはぎ腫れて錨のごときかな物書きこもりし九十時間に

笹掻きのごぼうの影が骨片のようにも見えて木の芽どき鬱

こんなにも震えるこころ　折り鶴のつるの細首畳んでいても

空深く風の道あり老い母を置きて去りたきわたくしのため

錦糸町らしゃ問屋にて赤き布買いて縫いたりたそがれの旗

山手線より見ゆる東京この街はすでにし怒りを忘れたる湖《うみ》

日に一度母を看《み》に行く坂のみち海棠あかくなまぐさく咲く

わたくしを産みたるころの写し絵の母は三十《さんじゆう》歳陽だまりに居る

大正と昭和、平成、父母《ちちはは》はかしこまり生きやがて黄昏

ゆっくりと黄ばみてゆける母の顔少し歪みて少し傾く

ははのみの母に吐《つ》く嘘ゆるされて喇叭すいせんらっぱ水仙

母と娘のならび立つ昼むらさきの被布のかたちに影が膨らむ

箸置きに拾いてきたる海の石　手にころがせば漣のおと

やさしさに負けそうになる　ゆくりなき電話の声は豆腐のやわさ

波の風合瀬《カソセ》　風の艫作《ヘナシ》に鰺《アジ》ヶ沢《ザワ》　ルビをたどれば旅の日の海

風なきに風の音する松林ひとに言えない旅だってある

津軽方言高木恭造の詩の粘り〈泣グな　泣グな　なんも恐《オカナ》グね〉

ぱちぱちと弾け花咲く白梅のようなる笑みのははそはが居る

人品は生享けし世に関わらむ母の大正わたしの昭和

母と娘の時間いつまで三月の白き天空　雲の樹茂る

トンボ玉

野はしずか　秋となるべきまっさらの時間の蛇腹ひらかれてあり

風の梳くみだれ髪かもいっせいに北へなだるる芒が原は

じっとりと涙を流す有機卵　人界笑い歪める昼を

詩にありて詞にない匂いうら若きアナスターシャの呼気のごとくの

おのずから卵黄崩れ秋日に神の非在の時間を流す

藍深きピオーネむきし手を拭うアイルランドは科《とが》深き国

黄のつぼみ千切り捨てられ土にあり父のかぼちゃは怒りのかぼちゃ

ああなべて宥してあげよう全開の母のわがまま父の身勝手

愛撫とはかかる仕草か流水に乳首のごとき枇杷洗いつつ

ひとつふたつ母の記憶の花しぼみ三つ四つと小《ち》さくなる母

しんかんと独りなりけり寝《い》ねぎわも目覚めもひとりしんかんと独り

夕映えに溺れ消え去る鳶見れば死とは光に吸われゆくこと

＊

〈昨夜の夢に〉

遠ざかる君のみ棺《ひつぎ》蒼みつつやがて静かな川となるべし

一人また一人亡くしてむらさきの秋深まらむ桔梗《きちこう》の秋

けしむらさき

露草の白

おもいつめ坂を昇れば胸水の高さに見えて夕凪ぎの海

半生はすでに終りて残生のいやはて見えず布靴を購う

六月の雨はうちつけ　アンコールワットの森より戻り来ぬ父

書き疲れまどろむ夢に佇むは父の楠の木　母の合歓の木

投げ捨ての壊れ自転車起き直り青梅雨《あおつゆ》街道走り出すべし

〈彼が死んで、まもなく一年〉

たましいが気化するようだ大切なひとをみすみす死なせるなんて

喉元をかそか掠めて離《さか》りたり　灯心蜻蛉《とうすみとんぼ》　処刑死のひと

手拭いとタオルの違い　寒天とゼリーの違い　わかるかな、雲

両腕は雨をよろこび濡れそぼつヒトに鰭あるそのかみ在れば

午後六時カリヨン鳴りて校庭は風の巣となり砂の眼となる

音楽のようなるものと死を言えば一夜安らぎ眠りぬ母は

父よ父　男の子残さぬそのことが母の寂しき復讐ならむ

雨ながら草生を渡る風脚は地の官能のせせらぐごとし

バンドネオン

抜け髪を拾う朝なり暖秋のネルの柔さの光が透ける

茹であげて分葱《わけぎ》の青は極まりぬ単純にして潔癖な青

経済面コラム切り抜きしゃきしゃきとドイツヘンケル尖刃鳴らす

男手の封書舞い込み秋天がひときわ蒼く高くなる午後

つばくろ色に照りているなり道修《どしよう》町《まち》薬種問屋の深き庇が

みちのくの旅を誘う速達は微量の毒を含みて静か

ああ今日も気重く歩む街頭に救世軍の進軍ラッパ

つんつんと足の爪切る夜の更けを移ろい居らむ黄道星座

*

草苑は中世の秋　積年の熟柿のような母のいませば

くしゃくしゃと包みをほどく秋の雲　歌反古ひとつ甦り来よ

犀川のさざれ石なる文鎮がひとつ転がり机上は汀

うたた寝の浅き眠りの瀬の音は七五七五のうたのせせらぎ

落とし穴のようにも見えて夕さりのポストの口をもう信じない

「風」かとも「夢」とも惑う墓碑銘に刻む一字を定めむとして

苞葉

こと終えしよろこびならむふさやかに緑葉揺する桜の大樹

ああいまだ借りがどっさりせめてもの湯剝きトマトを昼餉の母に

手の荒れはこころの荒れかよしよしと掌に擦り込まむアロエの精を

花だらけの葬儀にしてね老い母は思い出しては又くり返す

*

〈母の願いを叶えるため、女三人の旅をした〉

最後いえ又あるのかも母と姉伴い思い出づくりの旅へ

旅人となりて来て見ぬ今帰仁《なきじん》の白きレースを震わす海に

〈サンゴ礁の島は花瀬と呼ばれる〉

花瀬とは海の花なり花びらを散らしたような琉球諸島

西表《いりおもて》島、波照間《はてるま》島、与那国《よなくに》島、群青の海のはたての美称の島よ

湯桶《ゆとう》読み重箱読みなる沖縄の地名に辿る琉球言葉

「象のオリ」見ゆるホテルの三階に読谷《よみたん》村の夜を眠れず

「天国に近き島なり沖縄」と死出のごとくに眠りぬ母は

熟睡の母の寝顔をしげしげと夜目に見て居り　母とは袋

忘れがたき島びと言葉「あなたは旅から来ましたですか」

時間待ちの那覇空港のウィングにしずかに涙していし母よ

我が家とは終《つい》の寄港地　海のいろの夕暮れの尾を曳きて帰らむ

難波江は春の長雨　みんなみの夏の島より戻りて来れば

この旅を遠い昔と思い出し姉と語らむ日もあるいつか

洞

すでにして睦月尽日つわぶきの厚葉濡らせて青みぞれ降る

卯月闇　淡く濁れるひとところ玉子のようなしらたま椿

手袋を取り落としルームキーを見失いどうかしている今日の私は

葬送曲は「鳥の歌」献花は白百合さき走りゆく想念のみが

移り香は病む母のものただ一度食みし記憶の山女《やまめ》の匂い

死に近き人と思えずたんねんに髪梳きやつす母の仕草は

黄疸は菜の花いろね柞葉の母の声音《こわね》は黄《きい》のしたたり

午後六時ベッドの上に正座して吾を待つ母よ鳩の目をして

三分粥匙に運びてやるたびに母のくちもと傷のごと開《あ》く

かたち得て哀しみゆっくり膨らめばからだ全体かなしみの洞《ほら》

天　笠　川

うらうらと葛湯呑みこむ咽喉をひろがりゆきぬひとつ入り日が

昼さむき天笠川の水けむり滅紫《けしむらさき》の捲れるような

大寒を菜の花いろに顔潤め眠れる母は閑かなる春

さかしまに時間流れよ三つ編みの母がこよなく解《ほど》けゆく日は

導尿の袋に溜まる尿水は母より洩るる生の黄落

*

直接にくる哀しみは耐えがたし凭れていいかジャングルジムよ

青みぞれ

シニヨンの髪をほどきてしまらくは死者を思わむ揺り椅子に揺れ

二七日《ふたなぬか》、三七日《みなぬか》、四七日《よなぬか》、お逮夜を重ねるうちに如月尽きぬ

三月の光のやわさ「真実院釈尼妙顕」語感のかたさ　もろともの春

ぼんやりと見上げる空は幽界のひかりとなりし母の棲むそら

晩白柚《ばんぺいゆう》ひざに抱《いだ》けばまどかなりこの世に在《あ》るとはかたちあること

九月九日にわれを産みたる母は二月九日死んでしまえり

病室の簡易ベッドに覚めて吸う今日より母の無き世の空気

白布を捲りてやれば半開きの母の口元なにか言いたげ

退院用にと新調したる紐靴がベッドの下に揃えられてあり

のどぼとけ箸に選《え》りつつ甦る百済ぼとけの喉《のみど》の細さ

「亡くなる」は「無くなる」焼かれたる人間《ひと》の白骨崩るるばかり

喪服着て突っ立つわれは濡れそぼち樒《しきみ》の列の一樹なるかも

ああ空も泣いているなりたましいの欠片《かけら》のような青みぞれ降る

〈亡くなってから百合子さんと知る悲しみは道浦さんのお母様の名　大田美和〉
カサブランカは母の花かも濃厚な母性思わせ大輪匂う

空はいま母の領界　全開の百合のようなる星をちりばめ

ゆるやかに母沈みゆく深井ともたましい色の筒抜けの空

疲れ疲れて姉もわたしも眠りたり母似の顔を二つ並べて

春愁は流してしまえ雛の眉なぞりつつ吹く草色の風
やがて静かな漣《なみ》となるべし凍結の果肉のようなこの哀しみも

あとがき

一九九七年、ちょうど二年半前の一月のこと、母の主治医であった先生から、一度お話をしたいことがあるからご来院を。とのお電話をいただいた。そのとき、直感的に予期したことが、先生の話をうかがい、確かなものとなった。母の肝臓に見えかくれする陰影は悪性、手術という選択もあるが、八十歳の母が、どこまでそれに耐えられるかどうか。

姉と姉の主人、私、あらかじめ話し合ってきていた三人は、手術をしない方を選んだ。自らの病気に気付いていない母に、一日でも長く、ごく普通の生活をおくってほしい。それも病院ではなく、家族たちと共に暮らす母の自宅で。

主治医の先生は、私たちの思いを全て叶えて下さった。手術はしない。本人への告知もなし。無理な治療、延命措置はとらない。最後の最後まで入院は控え、通院での治療を。

いま思えば、ずい分勝手な申し入れだったが、じつに誠実な医師である河野通一先生は、快く了承して下さった。

では、あと二年と思って下さい。残念そうにおっしゃりながら。

それからの二年間、家族と私は、重い何かを抱えながら一日一日をやりすごしていた気がする。毎月一首、必ず母のうたをつくろう。そう思い至ったのも、そんな日々の中からである。

母の容態が急変したのは今年の一月半ば、昨年末までお茶とお花を教え、元気にしていた母が、年が改まってから急に衰えを見せた。即、入院。先生がおっしゃった通り、あれ以来、ちょうど二年のいのちだった。

二月九日深夜、半年前から約束していた仕事で京都に出かけていた私は、死化粧をほどこされ、三つ編みのお下げ髪姿となった母と対面した。最後の最後まで、親不孝な娘だった自らを省みると言葉がない。

そんな私のできうることは、唯一うたをつくること。せめてもの母への供養に、そう考え、まとめたのが本歌集である。

お名前をお一人お一人おあげすることはできないが、今回に限らず、私を励まし応援し続けて下さっている方々にこの場をお借りして心からの感謝の念を捧げたい。

今日は母の初盆、立秋をすぎ、少し暑さのやわらいだ風が、庭の禊萩を揺らしている。母の棲む彼岸は、どんな風が吹いているのだろうか。姉夫婦と甥たち、少し元気を取り戻した父と共に、母の思い出を語り合いつつこれを記している。

合掌

道浦母都子

一九九九年八月十三日記

＊本歌集収録作品は一九九七年三月号から一九九九年二月号まで二年間に及び、「短歌研究」に三ヵ月に一度、三十首詠を作品連載したものを中心に「未来」「短歌」「短歌現代」「歌壇」などに発表した作品を再構成したものです。

歌論・エッセイ

浄土のひかり

ダライ・ラマにお目にかかったことがある。お目にかかったといっても、一瞬、出会い、お互いに合掌して去ったというだけのことだが、私にとっては忘れられない記憶となった。

二〇一〇年十一月、広島でノーベル平和賞受賞者サミットが開かれ、広島市の委員会に関わっていた私も、ぜひと思い参加させていただいた。

当サミットは、ダライ・ラマはじめ、六名のノーベル平和賞受賞者が参加され、核はもちろん、平和をテーマにさまざまな議論が交わされた。

どうしたわけか、たまたまホテルの部屋が隣り同士だったのだろう。朝、会議場に行こうとドアを開け、部屋の外に出ると、私の目の前にダライ・ラマがいらした。目と目があったので、私は思わず合掌した。それに応じるようにダライ・ラマも合掌して下さり、次の瞬間、お供の方々と去っていかれた。濃い黄土色の僧衣をなびかせながら。

ああ、オーラがある。あまりに突然のことだったので、ビックリしたあと、そんなことを考えた。彼は今、インドに亡命中で、母国チベットに帰国できない立場にある。中国からの圧力が強いためのようだ。個人的には、私はチベットに戻り、チベット仏教の象徴としての役割を果たしてほしいと思う。あの、人を包み込むようなオーラの下に。

僧侶、住職といった方々について、普段は、あまり気にしなかったが、ダライ・ラマとの偶然の出会いで、宗教者という存在のことを考えるようになった。日本では、あまり、僧侶に関して心動くことはなかったし、失礼だが、身近な僧侶や住職の方々に、感銘を受けたということもなかった。ただ、自分の短歌ノートを見ると、

大阿闍梨逝きたる朝の遠山の雪の白さは生絹《すずし》のしろさ

こんな一首がある。千日回峰行を二度も達成された酒井雄哉大阿闍梨をうたったものだ。滅多に叶うことのない千日回峰行を二度も達成されたという偉業に心打たれたのだろう。下山された大阿闍梨を「生き仏さま」と信者の方々が、手を合わせていた光景が目に浮かぶ。

現在のダライ・ラマの選び方は特異で少し違和感もあるが、修行を重ねての阿闍梨さまは、頭を垂れたいほどの光々しさがある。

我が家は浄土真宗本願寺派の信徒。朝鮮半島からの引揚者である両親は、父の故郷、和歌山に戻り、少し、たくわえができたとき、まず、仏壇を買ったのだという。その金仏壇は、今でも家の中心に置かれ、でんとした存在感を誇っている。かつて、母が存命のときは、月に一回、近くの寺院からご僧侶が来て下さっていたが、両親も亡くなり、私独りとなってからは、もう、その習慣もなくなった。ただし、いただきものをしたら、まず、仏壇に。庭の花は必ず仏壇に飾るといった、小さなことは、今もって、何とか私が続けている。宗教心のない人間だなあと、自省の念はあるが、母ほど熱心な心がけはなく、日々の雑事に追われている。むしろ、最近は、私で主を失くしてしまうこの家の仏壇、ならびに墓の存在が気になって仕方がない。

父母《ちちはは》の血をわたくしで閉ざすことといつかわたしが水となること

ある夜は慰藉のごとしも父母《ちちはは》の血がわたくしで絶えてゆくこと

私には夫も子供もいない。たった一人の姉は嫁いでしまっているので、私が亡くなると、私の家系は途絶える。生前の父は、自分の故郷である和歌山から現在在住の大阪に墓を移し、自然石を使っての、凝った墓を建てた。だが、私がいなくなったら、誰があの墓を守っていくのか。まず、誰もいない。
近頃、「墓じまい」という言葉が世間でいわれるようになったが、私の念頭にあるのもそのことである。代々のお寺にある墓と、墓地公苑の一画を買い取っての墓はまるで違う。守ってくれる人がいないからだ。

個人的な考えだが、これまでの寺と家との関係は、寺と檀家といったかたちで結ばれてきた。寺に檀家が喜捨をする代わりに、寺は檀家の墓を守ってくれてきたのである。

だが、今は、家ではなく、個人が突出した時代となった。都会に出た者たちは、故郷の寺を忘れがち、いや、忘れるようになってしまった。

私のうたも、家系、血縁をうたってはいるが、主人公は私自身。いつか自分の家系がなくなるのも、ある意味では、当然ではないか、そんな思いの強い二首である。

勾玉《まがたま》は胎児のかたち　わたくしの子の無き一《ひと》世《よ》ほど近く終う

この一首は、より家系の終焉をつよく感じての作。先の二首より直接的だ。

ここで、はっと思いついたのだが、『住職』なるテーマを、ずい分と離れ、私はいのちに触れて、ずっと書いてきている。私にとっては、寺、すなわち僧侶の方々は、いのちを預ける方々であるはずなのに、何か違う。そう思う意識が、このような文章になってしまったのだろう。

二年前、インドに行った。小説の取材のためだったが、小説の書き始めから、最後の地はインドのベナレスにしようと決めていた。

街中をのそのそと歩く牛たち。ヒンズー教は、のどかな宗教に見えた。だが、修験僧の修行は、すさまじく厳しく、心に押し迫るものがあった。僧たちが読経をしながら、夜のガンジス川に入っていくのに、ついつい私も、従いていったくらいだから。

いっさいのこころ無になれベナレスに人の匂
　いの濃き風が吹く

生と死が混沌としていて、会うひとが全て修験僧のように見えたベナレス。死を、あんな中で迎えられたら……と思う時間だったし、こんな空間は日本にはないなと感じた。

突然、高野山に行きたいと思ったのは、昨年の夏。元々、紀州生まれなので、何度か、訪ねたことがあったが、久々の一人旅での高野行きだった。

　聖地高野に流れる冷気まなこの底まで澄みて
　くるよう

標高一千メートル近くにある高野の町は、暑い地上から来た私の体を、ひんやりと包んでくれた。ベナレスのように生と死の混沌はなかったが、眼が澄んで、見るものが、いずれも透明感をもって感じられた。高野から帰り、うたをつくり、この秋、出版する歌集名を『花高野《はなこうや》』と名付けた。

もちろん、高野は高野槙が、うっそうと茂る緑の世界だが、私の目には、何か、花のようなものが見えた気がした。

『花高野』、突っ差に出た言葉が気に入り、歌集のタイトルと決めた。緑濃き高野に、幻の花が、咲いているように感じられたからである。

何人か、住職の友人、知人はいる。いずれも高僧といわれる方々だが、私は今回、彼らに触れて書くことをしなかった。きっと厳しい注文をするだろうと思ったからである。

私にとっては、住職は、いのちについて、清々と話しのできる人であってほしい。話せなくとも、その人の姿を思っただけで、心澄む心地になれるような、そんな人物を期待している。

　枯木灘　ひとり占めなるわたつみは浄土思わ
　す卯月のひかり

「わたつみ」は海のこと。海に向かうと心が自然にほどけ、広々とする。
私の願うご住職は、そんな海のような存在であってほしい。

（月刊「住職」二〇一七年十月号）

二十二年目の再会
――あの時の一首とその記憶

本は凶器　本本本本本本本本本本　本の雪崩　『夕駅』

あの朝、私は、パタパタと布団の上に落ちてくる本の重みで目が覚めた。平成七年一月十七日五時五六分。目が覚めた途端、ドーンと突き上げられるように体が浮き、左右に揺れた。地震だと思ったのは、その時である。

当時、私は自宅近くの公団住宅を仕事場としていて、布団の周りは全て本棚。天上近くまで、本を積み上げていた。本は次々と落ちてくるので、布団をかぶり直し、揺れの止まるのを待った。どのくらいたったか解らないが、隣室の奥さんが、ベランダ越しに「ミチウラさーん。大丈夫ですか？　玄関ドアを開けるように」と声を掛けて下さった。私は、山となった本の中から這い出し、「大丈夫です。ありがとう」と返事をした。その後、どうしたらいいのか解らないので、財布を握り、玄関ドアを開けたまま、実家まで歩いて辿りついた。

実家は木造の二階家だが、外観は何も変ってはいない気がした。だが、家の中に入ると驚いた。いろんなものが倒れ、とくに台所の食器棚から飛び出した茶碗やコップがそこかしこに壊れ、散らばっていた。幸い、テレビがついたので、被害の状況を見ることができたが、想像を絶する大震災だと知った。神戸や西宮に住んでいる誰彼の顔が浮かび、私に何が出来るのか、悩んだ。

翌朝、姉と二人で、ペットボトルなどを入れたリュックサック姿で、行けるところまで行こうと西へ向かった。幸い、阪急電車が西宮北口まで通っていたので、北口まで乗り、あとは歩いた。崩壊した家の間をくぐるように歩いたが、白鶴酒造近くで通行止めになった。

以来、何人もの友人と音信不通になったのがわかった。当時、朝日カルチャーの短歌講座を担当していたが、連絡の取れない人が何人かいた。或る日、テレビを見ていると、その中の一人が画面に映っていた。クラスでカンパを集め、お送りしたが、書留は戻ってきた。昨年、「かりん四十周年の会」で彼女と会った。道淵悦子さん。二十二年目の再会だった。

（「歌壇」二〇一九年四月号）

許されたきわたしを

――わが裡《うち》なる沖縄

辺野古の空は、うっすらと曇っていた。

おずおずと来たる辺野古のゲート前小さき椅子におそれつつ座す

私を辺野古に連れていって下さったのは、豊見城在住の當間實光さん。

権力と相対峙して理不尽なる基地を拒めり翁長県知事　　　　當間　實光

昼顔の葉裏を踏みて手を繋ぐ辺野古の海はオキナワのもの

このような短歌をつくり続けている歌仲間である。

東京の巷で、デモの隊列が「沖縄返還」を叫び「沖縄を返せ」をうたっていた時代に学生時代を過ごした。当時は沖縄から東京の大学に来る学生を留学生と呼び、沖縄に行くには、パスポートが必要。そんな時代だった。

一九七二年五月十五日、沖縄日本復帰。

以後、自由に往来できるようになった沖縄。すぐにでも行きたかったが、なぜか、足が南へと向かおうとはしなかった。

戦死者は島民の四人に一人　沖縄の土踏むときの深きおののき

今でもそうだが、私には沖縄の地を踏むのには、大いなる畏れがある。この下に、多くの命が眠っている。そう考えると、簡単に沖縄を訪れ、その地を踏むことが、ためらわれるのだ。「行きたいけれど、行けない地」、かなりの間、私にとって沖縄は遠く遥かな地であった。

二十年余り前だっただろうか。

突然、沖縄を訪れた。多忙な日々から逃れるための一人旅だったが、自然に足が沖縄へと向いた。

何の知識もないまま、南部の戦跡を巡るバスに乗り、ひめゆりの塔をはじめ、戦時下沖縄を知る幾つかの地を訪れた。

ことに、この旅で心に残ったのは、バスガイドの若い女性だった。戦跡巡りの終り近く、彼女は一つの歌をうたってくれた。

詳しくは覚えてはいないが、♫蝶も鳥も自由に鉄条網の向こうに行けるのに、私たちは行くことができない♫　そうした内容だった。気が付くと、ガイドさんの目から涙が溢れ、彼女は、泣きながら、その歌をうたっているのだった。

沖縄への目を開かれたのは、そのときから。もっと沖縄を知らなくては……、鉄条網の向こうを見据えなくては、と思ったのだ。

十数年前からは、仕事を兼ねて、毎年沖縄を訪れている。

那覇に来てヤマトンチューと呼ばるると体のどこか軋みはじめる

「ヤマトンチュー」とは、沖縄の人が本土の人を呼ぶ呼び方。

「ヤマトンチュー」と呼ばれる後ろめたさ、それは何故だろうか。

許されたきわたしを知るからうなだれて花を揺るがす軍配ヒルガオ

沖縄を犠牲にして、戦争を終わらせた「ヤマトンチュー」の一人の私。その思いが、私の中にしみついている。それゆえ、なかなか簡単には、沖縄へと足が向かなかったのだ。

けれど、今は違う。沖縄を知り、「ウチナンチュー」と「ヤマトンチュー」の垣根を越えることが大事なのだと、自分に言いきかせている。

沖縄をいかなる風の吹くらむか民意はヤマトに伝わり難く　　永吉　京子

若夏の海に弾ける子らのこゑ基地がなければ美しき島

永吉さんも、那覇在住の古くからの歌仲間。彼女の短歌にもあるように「基地がなければ美しき島」の沖縄だが、現実は、そうではない。以前、沖縄の歌仲間と奈良の明日香村を旅したことがある。一泊した後の朝、沖縄からの仲間の一人が「生まれて以来、こんな静かな夜に眠ったのは初めて」と語った。彼女の家は基地に近く、年がら年中、基地からの激しい騒音に悩まされているのだという。

日本における米軍基地や関連施設のうち、約七十四パーセントが沖縄に集中している。戦闘機やヘリコプターの離発着音による騒音のみならず、沖縄における基地あるゆえの問題の根は深い。

だが、沖縄の抱える苦悩を、私たち（ヤマトンチュー）は多く知らないままで、日々を暮らしている。「基地がなければ美しき島」の「美しき島」の部分にのみ、魅かれているのが、ヤマトンチューの実態ともいえる。

夏ともなれば、沖縄の海に魅かれて、大勢の観光客が押し寄せて行く。その中で、どれほどの人が、沖縄の光の部分の裏側に潜む影の部分を知っているだろうか。

今回、辺野古を訪ね、唯一、嬉しかったのは、「辺野古基金」の寄付の約七割が県外の人だと知ったことだ。何かのかたちで、沖縄の力になりたいと思っている人たちが、県外にも少なからず存在する。私は、どっさりいただいたパンフレットを持ち帰り、友人たちに配って回った。

ウチナンチューとヤマトンチュー、相互の理解と連帯。甘い考えかもしれないが、この連帯からしか、沖縄からの基地撤去の答えは出て来ない。

今、私は六・一四改憲反対国会包囲デモから大阪に戻り、この原稿を書いている。そこでもらったビラの一枚には「沖縄・辺野古に米軍基地を造るな」と記されていた。異議ナシである。

（「琉球新報」二〇一五年六月十七日）

未来があると自分を励ます

過ぎた時間は全て過去。過去を振り返っても何も生まれない。見つめるのは、未来のみ。そう考えるようになったのは、あまり遠くではない。ここ、数年だろうか。

＊

悩み、苦しみ、体も悪くし、もう生きるのも嫌と思ってから、十八年経《た》つ。ずい分、長い時間だ。

二〇〇一年九月十一日、アメリカのニューヨークで、ビルへのテロ事件があった日、私は北京にいた。日中女性作家会議に参加するためである。

何かが変だった。中国側のスタッフも日本側も。何が何だかわからない内に、中国側のメンバーがずい分遅れてやってきて、会議は何とか実行された。たいへんだったのは、それからで、国際線はストップのまま。当分、私たちは日本には帰れなくなったのである。その頃には、事件の内容も、うっすらと解ってきた。例のテロの件が……。

北京でじっとしていても仕方ない。国内線は動いていたので、私たちは、シルクロードを旅しようと決めた。北京からウルムチまで飛行機で。そのあとは、チャーターしたクルマで、まるでイスラム圏の国に来たような新疆《しんきょう》ウイグル自治区を横切り、私たちは何とかカシュガル迄、到達した。幾つもの砂漠を横切っての旅だったので、食べ物は喉を通らず、ビールばかり飲んでいた。

一度、荷物を全ておろす

帰国して、次の月。十月になると、体重が激減した。食べられず、眠れず、ひたすら、ベッドに横たわっていた。これは、いわゆる心の病気、「ウツ」なのでは？　そう思った私は、女医さんで、いちばん近いクリニックを探し出し、早速、訪ねてみた。

「全ての仕事をやめなさい」

「え、全てですか？」

「全てです」

私の話を聞いてくださったドクターの答えはストレートだった。

当時の私は、新聞や雑誌の連載を何本か抱え、テレビの教養番組のレギュラーも、持っていて、自宅のある大阪と東京を往復するような日常を過ごしていた。

何と大量の仕事をしているのだろう。あらためて考えて、自分でも驚いた。

「あなたは、重い荷物を背負って山を登りつつありますが、疲れてしゃがみこんでしまった状態です。荷物を全ておろし、体を休め、十分に休養を取って、また、適量の荷物を持って歩きはじめるのが必要です」

ドクターの話には、説得力があった。ドクターの指示通り、全ての仕事をやめるよう、あちこち、お願いに回った。

残念ながら、心の病気は、外からは、わからない。

そんなに元気そうなのに……と度々言われ、答えに困った。だが、私は、ドクターの指示通り、年内には全ての仕事を整理して、フリーになった。

ゆっくり、少しずつ、焦らずに

それから三年間、私は眠りに眠った。自宅から少し離れた仕事部屋で、ひたすら眠り、夜になると、クルマでコンビニの弁当を買って食べる。そんな日々が続いた。もう、私は壊れてしまったのだから、今後、どう生きていけばよいのか。そんな思いの日々だったが、この世から消え失せたい、死にたいとは思わなかった。

七、八年目ぐらいからだろうか。少しずつ創作意欲が出てきて、もしかしたら、又、かくことができるようになるかもしれない。そう思えるようになった。

ゆっくり、少しずつ、あせらずに、周りの人々に自分の病気を話し、理解してもらいながら、自分を取り戻すように努力した。

　さようならと手のひらかろく振るときの時間
　　溜まりの風のやさしさ

過ぎた時間は全て過去。振り返る必要はない。あるのは未来だけ。そう思いつつの日々だが、すでにあの秋から十八年経っている。今もクスリとクリニック通いは続けているが、私には〝未来〟があると、自分を励ましている。

（「ＰＨＰ」平成三十年十一月号）

まなこあるゆえ

——石牟礼道子歌集『海と空のあいだに』

石牟礼道子さんが亡くなった。この二月十日。「存在無比の人よね」。伝えてくれた新聞記者と共に、そう言ったまま、言葉がなかった。九十歳になったばかりの死。年齢的には納得できたが、亡くなってほしくなかった。とにかく、生きていて欲しい人だった。

石牟礼さんというと、まず、水俣病の根源を告発した『苦海浄土』が思い出される。本書は、一九六九年刊。私も読んだ。まずはドキュメントとして読み、実はそれが小説だったと知って驚かされ、又、改めて読んだ。

『苦海浄土』では、彼女が、たまたま入院した病院で、壁に爪を立てて苦しむ人々を目にし、それが水俣病と知り、見たこと全てを小説として書き綴ったという。

私が、石牟礼さんに、親近感を抱くのは、彼女の文学の出発が、短歌だったからである。

はらからの罪故傘を傾げゆく夕《ゆう》真白き雪降る中を
死にて後愛さるるなどさびしすぎ拾い上ぐ雪の中の朱い草履を

自殺した同年輩の歌仲間を作品化したものである。水俣に住み、すでに結婚していた彼女は、毎月、熊本で開かれる歌会に参加していた。水俣から熊本迄は、その頃でいうと、水俣から北海道に行く程、遠く厳しいものだった。そこで知り合った歌友の死。自殺への彼女なりの問いかけと、その結果の醜さが、白い雪の中に転がる朱い草履に象徴的に示されている。

『海と空のあいだに』には、やや長い「あとがき」があり、「あらあら覚え」と名付けられている。短歌の師、蒲池正紀氏から「あなたの歌には、猛獣のようなものがひそんでいるから、これをうまくとりおさえて檻に入れるがよい」と言われたと記されている。

彼女の短歌は、表面的には静かだが、その中で、激しく、のたうっている何かを蒲池氏は見抜いていたのだろう。

いちまいのまなこあるゆゑうつしをりひとの死にゆくまでの惨苦を

『苦海浄土』の誕生が、すでに予期されている作品である。短歌は対象を見据え、それを自らに引きつけ、自分の体温を吹きつけて言葉を放つ。石牟礼さんは、その方法をごく自然に自分のものとし、獣を檻に収めて『苦海浄土』を書き上げたのだろう。『苦海浄土』の胎児ともいえる、この歌集を読んでほしい。（『海と空のあいだに』一九六九年六月十日発行・葦書房刊）

（WAN「女の本屋」）

大河のごとし

——石牟礼道子の俳句

俳句のことは、全く解らない。時に、何を勘違いしたのか、俳句大会の選を頼まれたりする。「俳句は全くダメです」と、お断りすると、「そんなそんな」と謙遜しての答えのように思われ、「フランス文学と中国文学ぐらい違うのよ」と説明すると、「ヘエーッ」とビックリされる。困ったものである。

俳句と短歌、五七五と五七五七七、下句の七七あるかないかの違いだが、この違いが、たいへんなのだと私は思っている。私流に言うと、日本人には、俳句的人間と短歌的人間の二つのタイプがあり、大きく言うと、男性は俳句、女性は短歌と従来は考えられてきたが、今は、俳句も女性進出が目ざましく、この「未来図」の主宰も鍵和田秞子先生。もちろん、女性でいらっしゃる。

かなり前になるが、日中短詩型学会が、中国・杭州大学で開催され、俳句は金子兜太先生、短歌は私の師、近藤芳美先生が団長を務められ、俳人歌人ご一緒の旅をしたことがある。団の中で、いちばん年少だった私は、行く先々で、ウォッチングをしていた。俳人と歌人の違いを見ながら、ひとり楽しんでいたのである。

バスや列車の中でのおしゃべりは俳人が楽しく、酒量も多い。ただ、集合とか規則的なものは、俳人は苦手。歌人は、あまり話さないが、集団的行動は、すみやか。どちらが、どうとは言えないが、私は、おしゃべりしたくて、俳人の方々にくっついて行動していた。一緒にいて面白いのは、俳人の方たちだったからである。

普通に、俳人歌人は長寿で、最後まで頭もしっかりしたまま。そういわれているが、人生途中で個人が選ぶのは、俳句だろうか。短歌だろうか。そんなことを考えていた矢先、心に残る俳句と出会った。

水俣病の苦難をまとめた『苦海浄土』の著者、石牟礼道子さんの俳句である。といっても、私が知ったのは、石牟礼さんの短歌と出会ったのが、きっかけ。

石牟礼さんの文学的出発は、短歌であったのは知っていた。彼女の自伝『葭の渚』によると、二十五歳のとき、「毎日新聞」熊本歌壇に投稿、その年、熊本市の歌誌「南風」に入会している。歌集『海と空のあいだに』には、

　愛情に方程式はないと思ひつつ春深き宵をひとりゆきたり　　石牟礼道子
　死にて後愛さるるなどさびしすぎ拾ひ上ぐ雪の中の朱い草履を

淡い相聞が、あちこちに見られる。多感な年齢だったのだろう。石牟礼さんの短歌歴はそう長くなく、二十七歳で、恋人と思われる歌友の自死と共に、短歌とは少し距離をもつ結果となり、その頃、詩人・

谷川雁と知り合い、彼の影響だろうか、詩を書くようになり、「サークル村」に参加するようになる。『苦海浄土』第一回を発表したのは、二十八歳のとき。講談社からの出版は、四十二歳になってからである。

短歌から詩、そして散文へと移行していった石牟礼さんの道程は、そうならざるを得ない運命だったと考える。

時代という魔物は、その証言を残す人を選び、その人を通して、時代を語らせようとする。天草に生まれ、すぐ、水俣に移り住み、そこで、水俣病に巡り合った石牟礼さんは、そのことを書くために、時代につかまった人ではないか。私には、そう思える。(僭越だが、私の体験とどこか、似ているからである。)

石牟礼さんは一九二七年生れ。私よりちょうど二十歳上で、今年、九十歳近い。かなり、体調は悪いとうかがっていたが、彼女の俳句が、読売新聞の九州版に掲載されているのを、拝見することができた。

あめつちの身ぶるいのごとき地震くる　石牟礼道子

前に書いたように、私は俳句は全く解らない。ただ、この句の「身ぶるいのごとき」という体感表現には、ひかれるものがある。「私は天の声をつねに聞こうとしながら、生きて来たように思います」は、石牟礼さんの言葉であり、熊本地震と重ねての言葉でもある。

わが道は大河のごとし薄月夜　石牟礼道子

これは凄いと思った。自らの来し方を「大河のごとし」と言える人は、そうそういないのではないか。短歌、詩、散文と表現形式を変化させてきた石牟礼さんが、最後には、俳句を選んだ。それが羨ましくてならない私である。

(「未来図」平成二十九年五月号)

災いを転じて

名残りの水仙が揺れている。近くに行っても、もう匂いはしない。どちらかというと、立ち枯れの花のようである。

水仙を水仙の葉で束ねたる花の香匂う父母の奥津城《おくつき》

先月、庭の水仙を束ねて両親の墓に詣でたときは、水仙の匂いは、あふれるようだった。品がよく、なめらかで、大好きな匂いだ。

だが、もう、おしまい。庭にはクリスマスローズの濃紫の花がもたげはじめ、夕暮れ時に、近くの梅林を訪ねてみると、白い花がちらほらと見えた。門前の桜も、少し、莟が膨らんできている。季節は確実に移っているのだ。

こんなことを記したのは、物書きにしては珍しく、朝型の私が、夏は五時頃、冬は七時頃、目を覚ますと、まず、庭に出て、朝の冷気を吸うのを習慣にしているからである。

もちろん、朝一番に、うたをつくることにしているので、その素材探しの意味もあるが、日々の自然の移り変り、変容が、何とも麗しいからでもある。昨日まで気付かなかった蠟梅が少しずつ匂いを放つようになり、花の開花が待ち遠しくてたまらない。庭隅の小さな花壇に何だろうか、幾つか芽が出てきた。日々、変りゆく小さな生命の移ろいが、どんなにか、朝一番の心をなぐさめてくれるものか。かつて、夜型で、夜中の二時三時迄、ヒイヒイ、仕事していた頃には、考えられなかった世界だ。

朝型の功名は、たんに自然との触れ合いだけでなく、私をずい分と規則正しい人間にしてくれた。

庭を巡ると、室内で体操をする。今は放送してはいないが、朝五時からの放映で、中国人の先生が、太極拳と気功を足して二で割ったような不思議な体操を見せてくれ、私もテレビの映像にならって実践するのである。約、七、八分ぐらいだが、ラジオ体操と違って、動きがやわらかく、体の硬い私にはピッタリである。（今は放映がないのでビデオを見ながらやっている。）

そうこうしているうちに、八時には机の前に坐ることにしていて、まず、うたをつくる。朝、見た光景の中から印象深いものを、メモのようにうたにする。ここで完成した作品をつくろうとするとたいへんなので、後日のヒントとでもいう簡単なものである。

八時から十時には、いまだ手挽きのコーヒーを飲む。サンドイッチ、またはクッキーを食べながら、三、四杯は飲む。以後、十二時までは、宅配便がピンと鳴るのも、うっとうしいほど、うたづくり、エッセイなどに熱中する。

然り、然りと思うほど、熱中するのである。

「じゃ、あなたの労働時間って四時間?」って、友人は怪訝な顔をするが、私にとってはこれで十分。四時間あれば、原稿用紙（今でも手書き）で十枚はかける。だが、うたは、そうはいかない。うたモードにならないと一日中、机に向かって空振りという日もある。この違いが、なぜなのか、わからない。わかると、もっと、うたが楽しくなるはずなのに。

十二時にペンを置き、昼食をつくる。もともと料理は好きなのだが、今は独り。簡単なもので済ませている。その後が、私の楽しみ。午睡をするのである。いっぱいになったお腹で、ベッドにゴロリ。母の世代は女性の午睡なんて、考えられなかったそうだが、私は平気。趣味は午睡（昼寝のほうがふさわしい）と堂々と言い放っている。

天を刺しわたしの冷たき嘘を刺ししいんと静もるアイリスの青

眠っていても、どこかで神経は昂っている。うたのモードになっているときは、とくに。夢の中でも、うたをつくっているのである。

さて、健康については、毎日、定例の通過儀礼を守り、あまり外出しない仕事なので、寝室のある二階と書斎のある一階を、一日、二十回は昇り降りすることにしている。背筋をピンと伸ばし、折には、ウェイターのように、お盆を持って。（下りは、手すりを持った方がいいが。）昇るのは、背筋をピンとすると気持ちがいい。たまには、外に出て三千歩ほど、歩いてみるが、かなりキツくて、続かない。階段なら家の中だから、格好の運動場。これはお勧めである。

ここしばらく、私に二つの健康に関わる事件が起こった。まさしく、事件である。

ひとつは、免許証を返還した。下手ではあるが、三十数年間乗っていて、無事故だったのに、タクシーに追突されたのである。私がタクシーにならわかるのだが、その反対。（だから、ショックだった。）エイッとクルマを手放してしまった。20分歩いてもコンビニ一つないような街で、クルマがないと不便、不便。お買物難民だと日々、嘆いている。

けれど、少々は歩くようになった。バス停までや、家の周辺。これまでクルマでは見えなかったものが見え、クルマには代えがたく得がたい収穫がたくさんある。桜並木の日々の変化など……。

最大の事件は、お酒をやめたこと。もう一年余り一滴も飲んでいない。周囲の人はまず信じない。外では飲まないで、家でこっそり飲んでるのでしょとか。全く、とりあってくれない。

でも、本当にやめたのである。「ダルク」という禁酒を目標とする集団がある。亡くなった義兄がダルクの立ち上げのメンバーであったので、私はここ二十年近く応援者の一人としてカンパを続けている。ある日、私の短歌教室に一人の男性が入会してきて、いきなり、私はダルクのおかげで立ち直った者です。と、自己紹介したのである。えっと驚いた。私の僅かなカンパが、こうして役に立っているのだと、ひそかな喜びを感じた。それなのに、私は、お酒を飲み続けている。これでいいものか。

肥ったかな？　これもご愛敬。そろそろ桜……。

くちびるで受けてもみたしさくらさくら天空の綺羅さくら花びら

（「ヘルシスト」平成三十年五月号）

そんな前後、自宅の玄関前で転び、大ケガをした。東京で歌仲間から古希の祝いをしていただき、ワインをたっぷり飲んだ。「のぞみ」で新大阪迄。そこから、タクシーで自宅に戻った。家への階段を昇り、玄関前迄来て、思いっきり転んだのである。救急車と思ったが、深夜。痛いのをがまんして、翌朝、緊急外来に。足腰は大丈夫だが、右顔面はお岩さんのように紫色に腫れ上がり、コンタクトレンズは、とっくに、どこかに飛んでしまっていた。

全治半年。眼帯をして、右頬にガーゼ、おでこに絆創膏、サングラスに帽子。そんな姿で、前年から約束していた講演に四国まで行ったりもした。

あーあ。私は何をしているのか。お酒は一生の三倍分ぐらい飲んだのだから、一度やめてみようか。そう思った日から、ピタリとやめた。こんなに簡単にやめられるとは思ってはいなかった。以来、いいことづくし。お小遣いが減らない。体がかるい。何といっても、朝型のスケジュールが完璧に実行できる。代りに甘いものが食べたくて食べたくて、少し

一本の橋

この一本の橋が架かるまで、どんなに多くの峭壁があったのだろう。タクシーの窓から見える海の青を眺めながら、私の心は、沈みがちだった。(今年、四月のこと)

岡山県邑久郡の瀬戸内海に浮かぶ小さな島。そこにある長島愛生園と陸地を結ぶ邑久長島大橋が開通されたのは、一九六三年五月。

愛生園自体は、一九三〇年十一月に、日本初めての国立療養所として誕生している。

窓外の海を見つめながら、私は異なることを考えていた。

もう、十年以上前になる。熊本にある菊池恵楓園を訪ねようとしていた。熊本駅でタクシーを拾い「菊池恵楓園に行って下さい」と言うと、運転手さんの態度が急に変わった。「恵楓園？　行きたくないけど、客を乗せてしまったから、百メートル手前迄行くから、そこからは歩いて行って」。乱暴な言い方で、それっきり、口を開いてはくれなかった。

恵楓園に行きたかったのは、津田治子さんのことを知りたかったからだ。彼女はハンセン病の回復者で、優れた短歌をつくる人だった。

大原富枝の『忍びてゆかな』は、津田治子さんをモデルとした小説。松下竜一も恵楓園を訪ねた際の記録を『檜の山のうたびと』にまとめている。

ときじくの春の吹雪に立ち別れ去なむと君が
言ひしたまゆら　　　　　　　　　　津田　治子

この一首は、内容は悲しいが、うた全体に広がっている透明感には、ハッとするものがある。

当時、東京の歌会に参加していた私は、多摩全生園から歌会に来られる先輩から、津田治子をはじめ、明石海人、伊藤保など、回復者の優れた歌人の話を教えていただいていた。

大原富枝や松下竜一の著作を読んでいくうちに、もっと詳しく、もっと直接的に、津田治子を知りたい、そんな思いが膨らんでいった。

たまたま、熊本への仕事が舞い込み、私はすぐに承諾した。恵楓園に行きたかったからである。

津田治子は一九一九年生まれ、一九六三年に五一歳で亡くなっている。ただ、私が恵楓園を訪ねた頃には、生前の彼女を知っている人たちがいて、彼女の話をうかがいながら、ご一緒に歌会をしたりした。

治子には、秘かに思う相手がいた。

逢ひとげてかたみに言はず汝《な》とわれの立てる
間に雪の降るかも
津田　治子

つつましく、自らの愛を告白する美しい一首だ。加えて、一首全体を貫く清新な空気が、心に残る。

治子が菊池恵楓園に入所したのは、一九四〇年、それ以前に、彼女は「アララギ」に入会し、短歌をつくっていた。

入所後、治子は、恵楓園のメンバーからなる短歌会「檜の影」に参加する。

降り出でし雪にあかるき松原に聲つつしみて
吾を呼ぶきみ
津田　治子

先にあげたうたも、この作品も相聞である。では、治子が、このようにうたう相手は誰なのだろう。

「アララギ」入会後の作品を、治子は『津田治子歌集』として、一九五五年に刊行しているが、この歌集のうたの選を、伊藤保に依頼したことを、「あとがき」に記している。

余程、彼を信頼し、うたの力を信じていたのだろう。

浄くきよく處女《をとめ》を守りきてけふのともしびの
下に羞《はにか》めるかも
伊藤　保

だが、伊藤が、結婚の相手として選んだ相手は、治子ではなかった。入所したばかりの十七歳の健康者（合併症のないひとをそう呼んでいた）、井手とき子だった。

治子の心情は、どんなものであったのか。

冬山に吾のひとりの歩みにて霜にうたれる苺をつめり　　津田　治子

直接的な嘆きのうたではないが、「ひとり」という言葉の響きから、その寂しさが伝わってくる。

恵楓園では、園内をさまざま案内していただいたが、いちばん驚いたのは、入所者の納骨堂である。白い骨壺が並べられている中で、偶然、伊藤保と津田治子の壺が隣り合って並んでいたからである。たまたまなのか、作為的なのか。

それはわからないが、私は二つの骨壺の前で深く黙禱を捧げた。

（「抒情文芸」二〇一九年冬号）

「生」という旅

我が家を訪れた人のたいていが驚く。玄関を入ると靴箱の上に、一対のシーサー。その真ん中に活け花用に使っている壺屋焼の抱ち瓶。次の部屋には、丸木俊さん描く琉球装束の女性の絵。部屋の廊下向きの鴨居からは、何枚もの紅型染めの暖簾が垂らされ、風にゆらゆら揺れている。

「どうしたのこれ、まるで沖縄に来たみたい」。そう言われたら、そうとしか言えない。意識したのではないが、度々、沖縄に行く毎に買求めた品々が、自然に増えたものだ。重ねて言うと、お盆も朱色の琉球塗り、茶托もそうだし、毎日使う箸ももちろん琉球塗りだ。

＊

そんな私だが、ある時期迄は、沖縄へは行かなかった。いえ、行けなかった。団塊の世代で、かつては「沖縄奪還」を叫び、「沖縄を返せ」をうたっていた一人なのだが、どうしても行けなかったのである。

戦死者は四人に一人　沖縄の土踏むときの深きおののき

島民の四人に一人が先の戦争で亡くなった沖縄。そうした人々の魂や骨の埋まっている地を踏んではいけない。その思いが強かったからだ。

そうした私に沖縄への目を開いて下さったのは、民俗学者の谷川健一先生だった。当時、先生は、短歌をつくるのに熱心で、自分は民俗学の話をするから、君は前座で短歌の話をしなさいと、半強制的にお供することになった。まず行ったのが宮古島、次に石垣島。

先島諸島を巡る海の美しさ。今生のものとは思えないオーシャンブルー。咲き盛る南国の花々。珍しい食物。浦島太郎が行った竜宮城とは、きっと、このことだ。勝手な想像もした。谷川先生は、島は、一島一島が独立国のようなもので、島毎に言語も文化も違うといった話を聞かせて下さった。

その後、たまたま、那覇の「花ゆうな」という短歌グループにレクチャーを頼まれ、年に一、二回、那覇に十年通った。

*

あるとき「花ゆうな」のメンバーから、うたの故郷である奈良の明日香を訪ねたいとの希望があり、早速実行した。一夜眠っての翌朝、一人のメンバーが「こんな静かな夜を眠ったのは、生まれて初めてです」と発言した。一瞬、意味がわからなかった私だが、詳しく聞いて納得した。米軍基地近くに住む彼女は毎夜毎夜、基地を着発進する爆撃機の騒音で眠るに眠れない夜が続いているのだという。

基地、沖縄と基地とは離れがたい関係としてある。日本国内にある米軍専用基地の七〇パーセントは沖縄に存在する。沖縄の面積は、日本の面積の一パーセントに足らないというのに。

昨年夏、私はベトナム・ホーチミンの戦争証跡博物館を訪れた。一九六〇年代後半に、日本でも、激しいベトナム戦争反対の運動があったこと、その中で命を落とした学生もあった。そんな事実を正確に伝えるための訪問だった。ベトナム側は、好意的に受け止めてくれたが、かつて、ベトナムの人は沖縄を「悪魔の島」と呼んでいたという発言にはショックを受けた。

それも仕方がない。ベトナム爆撃の爆撃機のほとんどが沖縄の米軍基地から飛び立っているのだから。こうした見方は、沖縄から基地がなくなるまで続くのだろう。

おずおずと来たる辺野古のゲート前小さき椅子に畏れつつ座す

那覇に来てヤマトンチューと呼ばるると体のどこか軋みはじめる

沖縄では、沖縄の人を「ウチナンチュー」、本土の人を「ヤマトンチュー」と呼ぶ。ヤマトンチューの私も辺野古に二度行った。だが、ウチナンチューの熱気には、とても及ばなかった。

十九年前、八十二歳で亡くなった母は、最後の旅に沖縄を選んだ。「天国にいちばん近い気がする」という理由だった。

時間待ちの那覇空港のウィングにしずかに涙していし母よ

姉と母と私の三人旅が終って、まもなく、母は天国に旅立った。

＊

南西諸島のいちばん西に与那国という島がある。日本最西端の島。ときは台湾が見える最果ての島だ。あるとき、私は誘われるように島を訪れた。与那国では火葬がないと聞いたからだ。小心者の私は火葬が嫌。死んで焼かれるなんて、とんでもない。ずっと、そう思っていたのである。島では、高齢になると、自ら死出の準備をする。柩に、普段使っていた茶碗や杖などを入れ、いざ死となると本人は柩に入れられ、墓に収められる。火葬はしないのである。何年か後、骨は洗骨され、あらためて墓に収められる。

沖縄の墓は、驚くほど立派で大きい。亀甲墓と呼ばれているが、かたちも変わっている。沖縄の人の話では、女性の産道を模しているのだという。私たちは、羊水に胎児として浮かび、産道をくぐって「生」に至り、また、産道を通って「死」に還る。亀甲墓の前に立つと、そんな思いが立つ。こんな墓に吸われるように天国へ行きたい。そう思うのは私だけだろうか。

忘れがたき島びと言葉「あなたは旅から来ま
したですか」

「生という旅」を生きる私は、沖縄の島々をいとしみ続け、沖縄の今の自然が壊れないことを願ってやまない。

（「日本経済新聞」二〇一八年八月十二日）

平和村の子供たち

この夏、ベトナムのホーチミンを訪れた。いちばんの目的は、一九六〇年代後半から七〇年にかけて、日本で激しかったベトナム戦争反対運動の資料、その他を届けることであった。

ホーチミンには、ベトナム戦争戦跡資料館があり、館内には、ベトナムはじめ、アメリカの資料なども保管、展示されている。そこに日本の資料も展示していただきたいというのが、私たちの願いである。

ベトナム反戦を掲げての日本の運動の中では、一人の学生が命を亡くしている。当時十八歳の京大生、山﨑博昭さんである。彼の死は一九六七年十月八日。当時の首相、佐藤首相が羽田からベトナムに行こうとしたのを阻止しようとし、警官隊との衝突で亡くなったのである。

ベトナム側は、遠い日本で、そんな運動があり、命を亡くした学生があったことを知り、山﨑さんの写真の展示をはじめ、私たちの希望を快く聞き入れて下さった。

衝撃的な遭遇は、それからである。

私たちは、二人の元解放戦線兵士の話を伺った。男性は八十一歳。十七年間の拷問拘禁に耐え、生き延びた方であった。女性は、ニワトリのカゴに入れられ、半年を耐えたという人。

拘禁拷問十七年を生きのびし八十一歳の背に合掌す

生き延びしいのちが洩らす低き声読経のごとく耳に清冽

女性の告白わが経験にかぶさりて髪が震えて足が硬直

次に訪れたのは、ドクちゃんベトちゃんで知られる枯葉剤の被害を受けた子供たちのいるツーズー病院平和村。ゼロ歳から三十代までの子供たちが、リハビリを受け、三十六歳になったドクちゃんもこの平和村で生活しているのだという。

ごく普通の小児科病棟のような平和村。呼び名は平和村だが、ここにいる子供たちは平和ではない。枯葉剤の影響で身体に障害があったり、三十代といわれるのに、子供の姿のままの子であったり……。さまざまの玩具を持参していった私たちだったが、素直に渡すことに抵抗感があった。

クレヨン、絵本、風船、持参の玩具、病室の
床に転がる惨惨惨と

今回のベトナム訪問でのいちばんの衝撃は枯葉剤でいのちを失った胎児をホルマリン漬けにして保存している部屋でのこと。

枯葉剤が壊したいのち未生のいのち　異形の
胎児ホルマリン漬け

ホルマリンの中でひたすら眠る胎児たち　海
ならいのちを育むものを

枯葉剤が壊したいのち　ホルマリン漬けの胎
児の並ぶ部屋に夏陽が

胎児の部屋を訪れた日は眠れなかった。とても、短歌にしようとも思えなかった。ところが、日本に戻ってきてから、ベトナムでの体験が次々と短歌となって吹き出してきた。

なぜか、わからない。でも、いまだ、枯葉剤の被害を受けた子供が生まれ続けているという現状を何らかのかたちで表現してみたかった。元兵士の話をはじめ、私の短歌は、それを表現するには、あまりにも小さく、微力だ。

だが、私の出来ることはこれ。短歌に託して残すこと。それしかないのだ。短歌をつくりながら、涙がこぼれた。

（「潮」二〇一八年二月号）

解説

うたは慰謝　うたは解放　うたは願望……

新海あぐり

Ⅰ　恋と革命と無惨と……

私の手元に、黄ばみ始めた一九八一年六月一五日初版第二刷の『無援の抒情』がある。この黒いカバーの本は池袋・芳林堂の一階つきあたりの棚にあった。これを手にした時の、全身が震えるような昂りをいまだに忘れ難い。

六〇年代後半から七〇年代にかけて、「恵まれた学生の私とは何か」を問い、自己否定が全世界を否定するような潮流にもなった学生運動の昂揚からさまざまな文学が生まれた。しかし、その時代と寝ることができ、いまだに読み継がれているのは短歌形式を持った『無援の抒情』のほかにあるだろうか。その一冊は、次の一首から始まる。

迫りくる盾怯えつつ怯えつつ確かめている私の実在

「ガス弾の匂い残れる黒髪を洗い梳かして君に逢いゆく」恋もしつつ、デモの日々は続く。そして、新宿騒乱罪が適応された一九六八年一〇、二一国際反戦デーに加わり、一二月、二一歳の道浦は逮捕され、拘留。この戦いはベトナム戦争で米軍が使用する、ジェット燃料タンク車を阻止するためだった。

調べより疲れ重たく戻る真夜怒りのごとく生理はじまる

釈放されて帰りしわれの頰を打つ父よあなたこそ起たねばならぬ

一九六九年一月一八～一九日にかけて東大安田講堂に立てこもった数百人の学生たちが、八五〇〇人の機動隊に対峙し、敗れて行く。この年の東大の入試は中止された。

炎あげ地に舞い落ちる赤旗にわが青春の落日を見る

二一歳のその日、思わず、口を衝いて出たこの歌を朝日歌壇に投稿。選者であった歌人・近藤芳美の目にとまり、「歌は志だ」と教わった。それを契機に短歌結社『未来』に所属することになる。

道浦は一九七〇年反安保闘争の敗北から、三里塚闘争、沖縄返還協定へ。さらには内ゲバと呼ばれた党派闘争にも巻き込まれていたが、一九七二年二月の浅間山荘事件の翌月、大学を卒業。

保母としての道に進み、結婚。夫の赴任地・松江で暮らす。海風が強く、時に吹雪く、そこでの生活は無惨を引き受けつつ続く長い「冬の旅路」といえたのかもしれない。

共に生きし二年を消すただ薄く白き紙なり震えつつ書く

反体制の闘争で傷つき、就職もままならず、結婚生活はあっけなく破れた。しかし、彼女には「曳航の旗」というべき短歌があった。持て余す自分の憐れみを静かに醸し、十年余りの熟成を経て、自費出版の歌集『無援の抒情』は世に出た。

回想ではなくリアルタイムで詠う、余りにも生硬で、ストレートな自己表出が、作者の意図を超えて、多くの人の共感を呼んだ。

風化してゆく政治的季節が終焉し、無惨な我を歩むそれぞれが、決して無援ではないことを三十一文字の言の葉は届けてくれたのだ。

歌集を獄中で詠んだ歌人で作家の小嵐九八郎は昂奮し、獄中で回し読みをした。道浦母都子の名を「ハトコ」と読み違えたまま、出獄直後、道浦に会いにゆき、弟子入りを申し込んだという。

小嵐のような活動家から、『いちご白書をもう一度』に出て来る「学生集会へもときどき出かけた」人も、友人も、さらには彼等の両親たちにも、一連の学生運動が何を訴え、本質がどのようなものだったのか、その苦悩の深さを再認識させ、刻印するものだった。

Ⅱ　自立への道程

私が持っている『無援の抒情』に朝日新聞の「ひと」欄の記事の切り抜きが挟まれている。現代歌人協会賞を受けたばかりの三三歳の時の記事だ。そこには「神様のように尊敬する医師の夫と二人暮らしでネコのランちゃんといっしょ」と書いてある。このときは広島を離れ、埼玉県の幸手《さって》で暮らしていた。しかし神様のように尊敬する医師で歌人の夫とも、一〇年の時を経て別れてしまう。それが『水憂』『ゆうすげ』に続く第四歌集、『風の婚』（1991年刊）の誕生へとつながってゆく。タイトルは次の言葉を使った歌から採られている。

水の婚　草婚　木婚　風の婚　婚とは女を昏《くら》くするもの

『風の婚』は「それまでの自分を捨てるつもりで編んだ」と、道浦が言っていたのを覚えている。冒頭二首目がこの歌集を鮮やかに浮かび上がらせる。

今日われは妻を解《と》かれて長月の青しとどなる芝草の上

四年余り暮らした幸手の後、山梨の山村で暮らしたが、その時に金子文子を知り、衝撃を受ける。その衝撃の大きさは第三歌集『ゆうすげ』の中、「春の余白」の二十首から読み取れる。さらに評伝を書こうと決意し、取材を始め、韓国まで行ったが思うようにならない。『風の婚』でも歌う。

四年越しの「金子ふみ子記」遅々として進まず昼を滂沱《ぼうだ》たりけり

文子を貫く強烈な愛、アナーキーで、徹底した反骨精神は、今もなお、道浦の中で疼く。
　哲学者・鶴見俊輔は「私が日本人で尊敬するのは日本人の枠にはまらない金子文子とジョン万次郎だ」と語ったことがある。

　正史《せいし》よりこぼれし人を読みゆくは遠き己《おのれ》に会いゆくに似る

文子に没頭しているときの歌である。
　二度の結婚生活を破れて出した『風の婚』のあとがきに次のようにある。「どうしようもなく一人が好きで、一人の時間の中でこそ、全き自由でいられる私なのに、また、どうしようもなく人恋しい私でもあるから」と。この愚直なまでの告白と歌は、結婚や離婚に悩み、自立することに不器用にもがきつつ生きる、多くの人々の共感を得て新しい読者を獲得した。

　産むことを知らぬ乳房ぞ吐魯番《トルファン》の絹に包《くる》めばみずみずとせり

　水晶橋　雨後《うご》を渡れば逢うという時間の中を生きし日のごと

　声とならぬ言葉をついに呑みくだす「寂しいときは私を抱いて」

　四十代《しじゅう》この先《さき》生きて何がある風に群れ咲くコスモスの花

　この後、歌論、エッセイと精力的に執筆は続いていく。エッセイ『女うた男うた・Ⅱ』（1993年　リブロポート）。評伝『男流歌人列伝』（1993年　岩波書店・同時代ライブラリー）。エッセイ『四十代、今の私がいちばん好き』（1994年　岩波書店）。エッセイ『食のうた歳時記』（1995年　彌生書房）。評伝『乳房のうたの系譜』（1995年　筑摩書房）。画文集『水辺のうた　パートⅡ』（1995年　邑書林）。エッセイ『本のオアシス』（1996年　岩波書店）と、めまぐるしく続く。
　そして一九九七年、第五歌集『夕駅』が刊行された。

Ⅲ　演歌に昇華された恋情と大震災

『風の婚』の中の次の三首は、都はるみの歌う「邪宗門」の歌詞として使われている。

ただ一本買いしコスモス冷たくて素直なるかな花の透明
昼深く夢に見ているしろじろと煙《けぶ》れるまでに熱持つ乳房
洗い髪濡れて光れるそのままをあなたに倒れてゆくまでの愛

これが『夕駅』に発表された歌と合体し、さらに他の歌集からも引用されつつ「邪宗門」は完成し、さらに「枯木灘　残照」の曲の誕生となる。日本の最古の詩形が演歌となって登場したのだ。

道浦短歌はときにエロスを醸し、切ない。それが都はるみの歌唱力で力強く、ダイナミックな色調を帯びて歌われる。『夕駅』から「邪宗門」「枯れ木灘　残照」に使われた短歌は以下である。

愛しては人を追いつめたりしこと野火のごとしも夏の終わりの
残照の光の海を二人行く花のごとかる罪を抱きて
両手《もろて》にて君の冷えたる頤《おとがい》を包みていしは冬の夕駅
漲《みなぎ》らう男の身体《からだ》　寒の夜を抱《いだ》き締むれば樹液の匂い
取り落とし床に割れたる鶏卵を拭きつつなぜか湧く涙あり

二つの演歌が生まれたコアの短歌だ。「恋を歌う時は、思い切りあけすけに大胆に歌え」とは常々、道浦が主張していることだ。

『夕駅』が詠まれている六年間に、ソビエトが崩壊し、連合赤軍への死刑判決。さらに阪神大震災に遭い、オウム真理教などで周辺が大きく揺らいでいる時だった。それらにも連作で正面から対峙している。「うたは慰謝　うたは解放　うたは願望《ゆめ》　寂しこの世にうたよむことも」と歌いあげつつ……。

マルクスはかつて万能　おおどかにユーラシア吹く風に運ばれ

この国に死刑あること私刑裁くために死刑に処すということ

本は凶器　本本本本本本本本本本本　本の雪崩

信教もイズムも阿片　魂のエクスタシーを誘える蜜

自然詠や時代の激動を歌いつつも、労働に関する歌はほとんど散見されない。『無援の抒情』以降、特徴的に思えるのは歌の中に水に関するものを取りこんでいることがじつに多いことだ。阪神淡路震災後の一首「寒の水喉《のみど》ゆっくりすべり落ち生ある者を水は流るる」からわかるように。それは人体のほとんどが水であることに関係しているかのように……。いずれも造語だが、歌集のタイトルにも『水憂』があり、第六歌集『青みぞれ』（1999年刊）が使われている。

その『青みぞれ』は『夕駅』からわずか二年後に編まれたものだ。

Ⅳ　痛切なる挽歌と病い

『夕駅』刊行の少し前、母の肝臓に癌が見つかっていた。医師から告げられて選んだのは、手術をしないクリオリティ・オブ・ライフという、生活の質と精神の質を重視するものだった。

いつか死にゆく母と暮らしつつ、毎日母の歌を作りながらの生活……。

生きるとは夢を断つことおもむろにぽつりぽつりと折る傘の骨

ははそはの母は親馬鹿わたくしのためにのみ泣く南京かぼちゃ

枯木灘　ひとり占めなるわたつみは浄土思わす卯月のひかり

ああいまだ借りがどっさりせめてもの湯剝きトマトを昼餉の母に

花だらけの葬儀にしてね老い母は思い出しては又くり返す

ああ空も泣いているなりたましいの欠片《かけら》のような青みぞれ降る

死にゆく母と余りに向き合いすぎたのか、愛する母の喪失感からか『青みぞれ』の翌年、二〇〇一年にうつ病を発症してしまう。医師から「仕事を三年間一切やめなさい」とまで言われるほど深刻だった。しかしそれからすでに一九年。

評論『群青の譜』（2000年　河出書房新社）。エッセイ『季節の森の物語』（2000年　朝日新聞社）。エッセイ『母ともっちゃん』（2001年　岩波書店）。評伝『女歌の百年』（2002年　岩波新書）。評伝『声のさざなみ』（2002年　文化出版局）。評伝『百年の恋』（2003年　小学館）。歌文集『歌日記　花眼の記』（2004年　本阿弥書店）。小説『花降り』（2007年　講談社）。歌集『花やすらい』（2008年　角川学芸出版）。エッセイ『たましいを運ぶ舟』（2010年　岩波書店）。絵本『ふるさと60年』（2012年　福音館書店）。歌集『はやぶさ』（2013年　砂子屋書房）。小説『光の河』（2014年　潮出版社）……共著も含めると毎年のように単行本の出版は続いていた。

さらに地方紙の歌壇の選、結社誌の選……病を抱えているとはとうてい思えないほど、休むことなく仕事を熟《こな》している。

私が編集者として係わり、思い出深い本となったのは、「短歌のゆくえ」について吉本隆明との対談が掲載されている『吉本隆明　最期の贈りもの』（潮出版社）だ。共同通信の田村文らの協力のもとに二〇一五年の刊行となった。そこでは『無援の抒情』以来、脇が締まっていてすきのない歌、詩を長年作り続けていることを、吉本はしきりに褒めていた。

さらに二〇一七年の一〇・八を目指して進められていた「10・8山﨑博昭プロジェクト」にも山本義隆らとともに積極的に参加。一九六七年、京大生・山﨑博昭（一八歳）がベトナム反戦闘争の中、羽田の弁天橋で機動隊との衝突で死んでから五〇年の節目にあたっていた。

三年前からは、沖縄の名護市辺野古にも数回渡って抗議の座り込みに参加している。道浦にとって、許し難い状況であれば、いまだにデモにも積極的に参加する。「行動する歌人」であることを止めない。そこに手痛い敗北しかないことが判っていても、その反骨精神が日常に甘んじていることを許さないのだろう。

どんな状況にも真正面から向き合い、平和を希求する反戦の志はまぎれもなく歌に昇華されてゆく。

漱石が『草枕』で書いている。「……一寸腹が立ったと仮定する。腹が立った所をすぐ十七文字にする。十七文字にするときは自分の腹立ちが既に他人に変じている。（中略）涙を十七文字に纏めた時には、苦しみの涙は自分から遊離して、おれは泣く事の出来る男だと云う嬉しさだけの自分になる。……」この十七文字を三十一文字に置き換えても同じことが言えるだろう。「うたは慰謝　うたは解放　うたは願望……」なのだから。

「短歌を作ることは〈ある種のエクスタシー〉」「言葉を残すものが最もよく生き延びるものだ」という道浦。

これから人生一〇〇年時代に向け、〝持続する志〟はどのような飛躍と華やぎを見せてくれるのか、不肖の弟子の一人として、ファンとして静かに見守ってゆくつもりだ。

2019・2月尽記

道浦母都子略年譜

一九四七年（昭和二二年）
和歌山市に生まれる

一九七二年（昭和四七年）
早稲田大学文学部卒　大学在学中に短歌誌「未来」入会

一九七五年（昭和五〇年）
『第八未来歌集　翔』に参加

一九八〇年（昭和五五年）
第一歌集『無援の抒情』（雁書館）を上梓・第二十五回現代歌人協会賞受賞

一九八五年（昭和六〇年）
女性歌人のシンポジウム「歌うならば、今」に参加

一九八六年（昭和六一年）
歌集『水憂』（雁書館）

一九八七年（昭和六二年）
歌集『ゆうすげ』（雁書館）

一九八八年（昭和六三年）
エッセイ集『吐魯番（トルファン）の絹』（学芸書林）

一九九〇年（平成二年）
『無援の抒情』岩波同時代ライブラリーとして出版

一九九一年（平成三年）
二月　エッセイ集『女うた男うた』（リブロポート）、三月　エッセイ集『水辺のうた』（邑書林）、四月　歌集『風の婚』（河出書房新社）　この歌集にて大阪日日新聞文化牌を受ける

一九九二年（平成四年）
和歌山県文化奨励賞受賞

一九九三年（平成五年）
一月　エッセイ集『女うた男うたⅡ』（リブロポート）、八月　共著『いつか見た風景』（ブレーンセンター）、十二月　『男流歌人列伝』（岩波同時代ラ

イブラリー）

一九九四年（平成六年）

四月　共著『世紀末の饗宴』（作品社）、六月　『四十代、今の私がいちばん好き』（岩波書店）、十月　共著『日本を語る』（岩波同時代ライブラリー）

一九九五年（平成七年）

十月　『食のうた歳時記』（彌生書房）、十一月　『乳房のうたの系譜』（筑摩書房）　『水辺のうたⅡ』（邑書林）

一九九六年（平成八年）

四月より朝日新聞書評委員を務める（一九九八年まで）、九月　『本のオアシス』（岩波同時代ライブラリー）

一九九七年（平成九年）

五月　静岡新聞読者歌壇選者、六月　歌集『夕駅』（河出書房新社）、九月　共著『日本の名随筆79会話』（作品社）、十一月　『道浦母都子歌集』（砂子屋書房・現代短歌文庫）

一九九八年（平成十年）

三月　共著『ひたくれないに生きて』（河出書房新社）

一九九九年（平成一一年）

一月　読売新聞読書委員（二〇〇〇年一二月まで）、四月　大阪市教育改革想話会委員（二〇〇〇年三月まで）、十一月　環境省中央環境審議会瀬戸内海部会委員、十二月　共著『現代短歌辞典』（岩波書店）

二〇〇〇年（平成一二年）

二月　共著『女の文化』（岩波書店・近代日本文化論第八巻）、五月　『季節の森の物語』（朝日新聞社）、六月　『群青の譜』（河出書房新社）、七月　『無援の抒情』（岩波現代文庫）

二〇〇一年（平成一三年）

一月　ＮＨＫ教育テレビ「人間講座」講師、二月　信濃毎日新聞読者歌壇選者、三月　『母ともっちゃん』（岩波書店）、四月　ＮＨＫ教育テレビ「短歌講座」講師

二〇〇二年（平成一四年）

九月　『聲のさざなみ』（文化出版局）、十一月『女歌の百年』（岩波新書）

二〇〇三年（平成一五年）

六月　『百年の恋』（小学館）、八月　吹田市教育委員会委員

二〇〇四年（平成一六年）

五月　歌日記『花眼の記』（本阿弥書店）、六月　共著『テーマで読み解く日本の文学』（小学館）、七月　共著『関西の風景を歩く』（ブレーンセンター）、十月　中国新聞読者歌壇選者

二〇〇五年（平成一七年）

四月　『道浦母都子全歌集』（河出書房新社）出版、十一月　共著『いのちの言葉』（三輪書店）、十二月　朝日放送番組審議委員

二〇〇六年（平成一八年）

十一月　和歌山県文化賞受賞

二〇〇七年（平成一九年）

五月　小説『花降り』（講談社）

二〇〇八年（平成二〇年）

九月　歌集『花やすらい』（角川書店）

二〇〇九年（平成二一年）

十月　聖教新聞読者歌壇選者

二〇一〇年（平成二二年）

二月　『たましいを運ぶ舟』（岩波書店）

二〇一二年（平成二四年）

四月　絵本『ふるさと60年』（福音館）

二〇一三年（平成二五年）

十二月　歌集『はやぶさ』（砂子屋書房）

二〇一四年（平成二六年）

十月　小説『光の河』（潮出版社）

二〇一五年（平成二七年）

九月　共著『最期の贈り物』（潮出版社）

二〇一七年（平成二九年）

三月　『うた燦々』（幻戯書房）、九月　歌集『花高野』（角川書店）

二〇一八年（平成三〇年）

六月　共著『ああ、犬よ！』（モノブックス）

続 道浦母都子歌集　　現代短歌文庫第145回配本

2019年 7 月26日　初版発行

著　者　道 浦 母 都 子
発行者　田 村 雅 之
発行所　砂 子 屋 書 房
〒101-0047 東京都千代田区内神田3-4-7
電話　03－3256－4708
Fax　03－3256－4707
振替　00130－2－97631
http://www.sunagoya.com

装幀・三嶋典東　落丁本・乱丁本はお取り替えいたします

現代短歌文庫

（　）は解説文の筆者

①三枝浩樹歌集
『朝の歌』全篇
②佐藤通雅歌集（細井剛）
『薄明の谷』全篇
③高野公彦歌集（河野裕子・坂井修一）
『汽水の光』全篇
④三枝昻之歌集（山中智恵子・小高賢）
『水の覇権』全篇
⑤阿木津英歌集（笠原伸夫・岡井隆）
『紫木蓮まで・風舌』全篇
⑥伊藤一彦歌集（塚本邦雄・岩田正）
『瞑鳥記』全篇
⑦小池光歌集（大辻隆弘・川野里子）
『バルサの翼』『廃駅』全篇
⑧石田比呂志歌集（玉城徹・岡井隆他）
『無用の歌』全篇
⑨永田和宏歌集（高安国世・吉川宏志）
『メビウスの地平』全篇
⑩河野裕子歌集（馬場あき子・坪内稔典他）
『森のやうに獣のやうに』『ひるがほ』全篇
⑪大島史洋歌集（田中佳宏・岡井隆）
『藍を走るべし』全篇
⑫雨宮雅子歌集（春日井建・田村雅之他）
『悲神』全篇
⑬稲葉京子歌集（松永伍一・水原紫苑）
『ガラスの檻』全篇
⑭時田則雄歌集（大金義昭・大塚陽子）
『北方論』全篇
⑮蒔田さくら子歌集（後藤直二・中地俊夫）
『森見ゆる窓』全篇
⑯大塚陽子歌集（伊藤一彦・菱川善夫）
『遠花火』『酔芙蓉』全篇
⑰百々登美子歌集（桶谷秀昭・原田禹雄）
『盲目木馬』全篇
⑱岡井隆歌集（加藤治郎・山田富士郎他）
『鷲卵亭』『人生の視える場所』全篇
⑲玉井清弘歌集（小高賢）
『久露』全篇
⑳小高賢歌集（馬場あき子・日高堯子他）
『耳の伝説』『家長』全篇
㉑佐竹彌生歌集（安永蕗子・馬場あき子他）
『天の螢』全篇
㉒太田一郎歌集（いいだもも・佐伯裕子他）
『墳』『蝕』『獵』全篇

現代短歌文庫

（　）は解説文の筆者

㉓春日真木子歌集（北沢郁子・田井安曇他）
『野菜涅槃図』全篇
㉔道浦母都子歌集（大原富枝・岡井隆）
『無援の抒情』『水憂』『ゆうすげ』全篇
㉕山中智恵子歌集（吉本隆明・塚本邦雄他）
『夢之記』全篇
㉖久々湊盈子歌集（小島ゆかり・樋口覚他）
『黒鍵』全篇
㉗藤原龍一郎歌集（小池光・三枝昂之他）
『夢みる頃を過ぎても』『東京哀傷歌』全篇
㉘花山多佳子歌集（永田和宏・小池光他）
『樹の下の椅子』『楕円の実』全篇
㉙佐伯裕子歌集（阿木津英・三枝昂之他）
『未完の手紙』全篇
㉚島田修三歌集（筒井康隆・塚本邦雄他）
『晴朗悲歌集』全篇
㉛河野愛子歌集（近藤芳美・中川佐和子他）
『黒羅』『夜は流れる』『光ある中に』（抄）他
㉜松坂弘歌集（塚本邦雄・由良琢郎他）
『春の雷鳴』全篇
㉝日高堯子歌集（佐伯裕子・玉井清弘他）
『野の扉』全篇
㉞沖ななも歌集（山下雅人・玉城徹他）
『衣裳哲学』『機知の足首』全篇
㉟続・小池光歌集（河野美砂子・小澤正邦）
『日々の思い出』『草の庭』全篇
㊱続・伊藤一彦歌集（築地正子・渡辺松男）
『青の風土記』『海号の歌』全篇
㊲北沢郁子歌集（森山晴美・富小路禎子）
『その人を知らず』を含む十五歌集抄
㊳栗木京子歌集（馬場あき子・永田和宏他）
『水惑星』『中庭』全篇
㊴外塚喬歌集（吉野昌夫・今井恵子他）
『喬木』全篇
㊵今野寿美歌集（藤井貞和・久々湊盈子他）
『世紀末の桃』全篇
㊶来嶋靖生歌集（篠弘・志垣澄幸他）
『笛』『雷』全篇
㊷三井修歌集（池田はるみ・沢口芙美他）
『砂の詩学』全篇
㊸田井安曇歌集（清水房雄・村永大和他）
『木や旗や魚らの夜に歌った歌』全篇
㊹森山晴美歌集（島田修二・水野昌雄他）
『グレコの唄』全篇

現代短歌文庫

（　）は解説文の筆者

㊺上野久雄歌集（吉川宏志・山田富士郎他）
『夕鮎』抄、『バラ園と鼻』抄他

㊻山本かね子歌集（蒔田さくら子・久々湊盈子他）
『ものどらま』を含む九歌集抄

㊼松平盟子歌集（米川千嘉子・坪内稔典他）
『青夜』『シュガー』全篇

㊽大辻隆弘歌集（小林久美子・中山明他）
『水廊』『抱擁韻』全篇

㊾秋山佐和子歌集（外塚喬・一ノ関忠人他）
『羊皮紙の花』全篇

㊿西勝洋一歌集（藤原龍一郎・大塚陽子他）
『コクトーの声』全篇

51青井史歌集（小高賢・玉井清弘他）
『月の食卓』全篇

52加藤治郎歌集（永田和宏・米川千嘉子他）
『昏睡のパラダイス』『ハレアカラ』全篇

53秋葉四郎歌集（今西幹一・香川哲三）
『極光―オーロラ』全篇

54奥村晃作歌集（穂村弘・小池光他）
『鴇色の足』全篇

55春日井建歌集（佐佐木幸綱・浅井愼平他）
『友の書』全篇

56小中英之歌集（岡井隆・山中智恵子他）
『わがからんどりえ』『翼鏡』全篇

57山田富士郎歌集（島田幸典・小池光他）
『アビー・ロードを夢みて』『羚羊譚』全篇

58続・永田和宏歌集（岡井隆・河野裕子他）
『華氏』『饗庭』全篇

59坂井修一歌集（伊藤一彦・谷岡亜紀他）
『群青層』『スピリチュアル』全篇

60尾崎左永子歌集（伊藤一彦・栗木京子他）
『彩紅帖』全篇『さるびあ街』（抄）他

61続・尾崎左永子歌集（篠弘・大辻隆弘他）
『春雪ふたたび』『星座空間』全篇

62続・花山多佳子歌集（なみの亜子）
『草舟』『空合』全篇

63山埜井喜美枝歌集（菱川善夫・花山多佳子他）
『はらりさん』全篇

64久我田鶴子歌集（高野公彦・小守有里他）
『転生前夜』全篇

65続々・小池光歌集
『時のめぐりに』『滴滴集』全篇

66田谷鋭歌集（安立スハル・宮英子他）
『水晶の座』全篇

現代短歌文庫

（　）は解説文の筆者

現代短歌文庫

（　）は解説文の筆者

89 田村広志歌集（渡辺幸一・前登志夫他）
『島山』全篇

90 入野早代子歌集（春日井建・栗木京子他）
『花凪』全篇

91 米川千嘉子歌集（日高堯子・川野里子他）
『夏空の櫂』『一夏』全篇

92 続・米川千嘉子歌集（栗木京子・馬場あき子他）
『たましひに着る服なくて』『一葉の井戸』全篇

93 桑原正紀歌集（吉川宏志・木畑紀子他）
『妻へ。千年待たむ』全篇

94 稲葉峯子歌集（岡井隆・美濃和哥他）
『杉並まで』全篇

95 松平修文歌集（小池光・加藤英彦他）
『水村』全篇

96 米口實歌集（大辻隆弘・中津昌子他）
『ソシュールの春』全篇

97 落合けい子歌集（栗木京子・香川ヒサ他）
『じゃがいもの歌』全篇

98 上村典子歌集（武川忠一・小池光他）
『草上のカヌー』全篇

99 三井ゆき歌集（山田富士郎・遠山景一他）
『能登往還』全篇

100 佐佐木幸綱歌集（伊藤一彦・谷岡亜紀他）
『アニマ』全篇

101 西村美佐子歌集（坂野信彦・黒瀬珂瀾他）
『猫の舌』全篇

102 綾部光芳歌集（小池光・大西民子他）
『水晶の馬』『希望園』全篇

103 金子貞雄歌集（津川洋三・大河原惇行他）
『邑城の歌が聞こえる』全篇

104 続・藤原龍一郎歌集（栗木京子・香川ヒサ他）
『嘆きの花園』『19××』全篇

105 遠役らく子歌集（中野菊夫・水野昌雄他）
『白馬』全篇

106 小黒世茂歌集（山中智恵子・古橋信孝他）
『猿女』全篇

107 光本恵子歌集（疋田和男・水野昌雄）
『薄氷』全篇

108 雁部貞夫歌集（堺桜子・本多稜）
『崑崙行』抄

109 中根誠歌集（来嶋靖生・大島史洋雄他）
『境界』全篇

110 小島ゆかり歌集（山下雅人・坂井修一他）
『希望』全篇

現代短歌文庫

（　）は解説文の筆者

111 木村雅子歌集（来嶋靖生・小島ゆかり他）
『星のかけら』全篇

112 藤井常世歌集（菱川善夫・森山晴美他）
『氷の貌』全篇

113 続々・河野裕子歌集
『季の栞』『庭』全篇

114 大野道夫歌集（佐佐木幸綱・田中綾他）
『春吾秋蟬』全篇

115 池田はるみ歌集（岡井隆・林和清他）
『妣が国大阪』全篇

116 続・三井修歌集（中津昌子・柳宣宏他）
『風紋の島』全篇

117 王紅花歌集（福島泰樹・加藤英彦他）
『夏暦』全篇

118 春日いづみ歌集（三枝昻之・栗木京子他）
『アダムの肌色』全篇

119 桜井登世子歌集（小高賢・小池光他）
『夏の落葉』全篇

120 小見山輝歌集（山田富士郎・渡辺護他）
『春傷歌』全篇

121 源陽子歌集（小池光・黒木三千代他）
『透過光線』全篇

122 中野昭子歌集（花山多佳子・香川ヒサ他）
『草の海』全篇

123 有沢螢歌集（小池光・斉藤斎藤他）
『ありすの杜へ』全篇

124 森岡貞香歌集
『白蛾』『珊瑚數珠』『百乳文』全篇

125 桜川冴子歌集（小島ゆかり・栗木京子他）
『月人壮子』全篇

126 柴田典昭歌集（小笠原和幸・井野佐登他）
『樹下逍遙』全篇

127 続・森岡貞香歌集
『黛樹』『夏至』『敷妙』全篇

128 角倉羊子歌集（小池光・小島ゆかり）
『テレマンの笛』全篇

129 前川佐重郎歌集（喜多弘樹・松平修文他）
『彗星紀』全篇

130 続・坂井修一歌集（栗木京子・内藤明他）
『ラビュリントスの日々』『ジャックの種子』全篇

131 新選・小池光歌集
『静物』『山鳩集』全篇

132 尾崎まゆみ歌集（馬場あき子・岡井隆他）
『微熱海域』『真珠鎖骨』全篇

現代短歌文庫

（　）は解説文の筆者

133 続々・花山多佳子歌集（小池光・澤村斉美）
『春疾風』『木香薔薇』全篇

134 続・春日真木子歌集（渡辺松男・三枝昻之他）
『水の夢』全篇

135 吉川宏志歌集（小池光・永田和宏他）
『夜光』『海雨』全篇

136 岩田記未子歌集（安田章生・長沢美津他）
『日月の譜』を含む七歌集抄

137 糸川雅子歌集（武川忠一・内藤明他）
『水螢』全篇

138 梶原さい子歌集（清水哲男・花山多佳子他）
『リアス／椿』全篇

139 前田康子歌集（河野裕子・松村由利子他）
『色水』全篇

140 内藤明歌集（坂井修一・山田富士郎他）
『海界の雲』『斧と勾玉』全篇

141 続・内藤明歌集（島田修三・三枝浩樹他）
『夾竹桃と葱坊主』『虚空の橋』全篇

142 小川佳世子歌集（岡井隆・大口玲子他）
『ゆきふる』全篇

143 髙橋みずほ歌集（針生一郎・東郷雄二他）
『フルヘッヘンド』全篇

144 恒成美代子歌集（大辻隆弘・久々湊盈子他）
『ひかり凪』全篇

（以下続刊）

水原紫苑歌集　篠弘歌集
馬場あき子歌集　黒木三千代歌集
石井辰彦歌集